바람꽃

바람꽃

초판 1쇄 인쇄_ 2016년 6월 25일 | **초판 1쇄 발행_** 2016년 6월 30일
지은이_ 꿈으로 지은 책 | **엮은이_** 강혜린
펴낸이_ 오광수 외 1인 | **펴낸곳_** 꿈과희망
디자인·편집_ 김창숙, 박희진 | **마케팅_** 김진용
주소_ 서울시 용산구 백범로 90길 74, 대우이안 오피스텔 103동 1005호
전화_ 02)2681-2832 | **팩스_** 02)943-0935 | **출판등록_** 제2016-000036호
e-mail_ jinsungok@empal.com
ISBN_978-89-94648-87-3 43810
※ 책 값은 뒤표지에 있습니다.
※ 새론북스는 도서출판 꿈과희망의 계열사입니다.
ⓒPrinted in Korea. | ※ 잘못된 책은 바꾸어 드립니다.

학생들의 무한한 상상력이 바람꽃으로 피어나다

바람꽃

꿈으로 지은 책 지음 — 강혜린 엮음

꿈과희망

책을 엮으면서

일생에서 쨍! 하고 마음에서 부딪치는 소리를 들을 때가 있습니다.

그럴 땐, 내가 의도했던 장면에서보다는 예상치 못한 곳에서 예비 없는 만남이기에 늘 서툴렀습니다.

책쓰기를 처음 시작할 때도 그러했습니다.

책쓰기라는 단어가 날 끌어당겨 시작된 이 서툰 만남은 새로움이었습니다.

밝고 자신감 넘치고 '난 작가가 될 거야'를 당당하게 소망하는 우리 동아리 아이들과 2년을 보낼 수 있었습니다. 책쓰기 동아리를 함께하는 동안 교사로서 의미있는 작업을 하고 있고 또 아이들에게 선한 영향을 미치고 있다는 느낌이 들어서도 좋았습니다. 책쓰기를 하면서 아이들의 꿈을 찾아 떠난 것이 아니라 내가 꿈을 찾고 있었던 것이었습니다.

이제 우리 동아리의 세 번째 창작집을 내놓게 되었습니다. ISBN을 찍은 책을 두 손에 담을 수 있다는 것이 참 벅찹니다. 든든하지도 않은 지도교사의 발판으로 삼아 훨훨 날아가는 우리의 아이들이 자랑스럽습니다.

우리 책『바람꽃』은 큰바람이 불기 전에 먼저 먼 산에 구름같이 끼는 보얀 기운을 의미합니다. 바람꽃이 일면 반드시 큰바람이 분다고 합니다.

'보얀 기운' 그것만큼 우리 아이들을 설명해 주는 것이 있을까 합니다.

이번 책에는 다섯 명 학생이 쓴 9편의 창작소설을 담고 있습니다.

작가지망생들의 무한한 상상력과 풋풋한 필력이 매력 있는 이야기들입니다.

여기에 글을 실은 유리, 도하, 예진, 선민, 새려는 몇 년 뒤에 작가로서 당당히 설 것을 믿어 의심치 않습니다.

2년간 동아리를 이끌어 온 유리에게 책쓰기의 의미를 물으니 "자서전이다."라고 했습니다. 자신의 한 번밖에 없는 이 시기를 책에 담고 있기 때문이라는 설명에 책쓰기는 모두에게 주는 축복 같은 선물이라고 생각합니다.

함께했던 모든 시간, 동아리 학생들 모두 아름다운 교정(校庭)과 가르침을 주셨고 기회를 주셨던 모든 분에게 부족하지만 감사의 말씀을 전합니다.

강혜린

차례

불리한 전쟁

정유리

머리말

책을 쓰기 시작한 6월에는 무엇이 있을까 생각을 해보다가 문득 6.25전쟁이 생각났다. 그래서 6.25전쟁에 관련된 책들을 읽으며 공부했다. 그렇게 역사란 무엇인가에 대하여 생각을 하다 이 책을 쓰게 되었다.

6.25 하면 무엇이 가장 먼저 떠오르는가. 6.25전쟁, 북한, 소련, 광복, 인천상륙작전 등 그것은 사람마다 다를 것이다. 나는 '6.25참전용사와 국가유공자'라는 단어가 가장 먼저 떠오른다.

얼마 전, 국가유공자의 궁핍한 삶과 지원에 대하여 뉴스 보도가 된 적이 있었다.

뉴스의 내용은 생활고에 시달리는 6.25참전용사에 관한 내용을 다루었는데 1953년 정전이 된 이후로 2000년까지는 지원이 없었다. 6.25참전용사(국가유공자)의 87%가 생활이 어렵다고 하였고, 참전명예수당으로 2002년에는 5만 원, 2012년에는 12만 원, 2013년에는 15만 원을 지원받고 있다고 한다. 하지만 이들은 지원을 받는 대상이라고 하여 기초 생활수급에서 3만 5천 원을 삭감하였다. 참전용사를 포함한 국가유공자들은 많고 다양한 혜택이 아닌 병원비 60%를 감하는 혜택밖에 받지 못하고 있다(2013. 6. 6. KBS 뉴스)고 한다. 2015년에는 18만 원을 지급받고 있다.

이 책의 제목은 불리한 전쟁이다. 그 이유는 국가를 위해 목숨을 바쳐 싸운 국가유공자와 제대로 된 지원도 못해 주는 무능한 정부 아래서 힘겹게 사는 이야기를 풀어냈기 때문이다. 이 둘의 직접적인 갈등 상황은 마지막에 조금 나오지만, 주인공이 살고 있는 삶 자체가 정부라는 거대한 갈등 대상이 될 것이다. 모든 것을 가진 정부와 국가유공자라는 작은 사람 중 불리한 사람은 단연 후자일 것이다. 긴 글이 아닌 짧은 글이지만 한 번이라도 국가유공자에 대해 생각해 보고 우리가 할 수 있는 일을 알아봤으면 좋겠다.

1950년 6월 25일

쾅쾅쾅. 땅이 흔들렸다. 눈이 번쩍 뜨인 나는 불길한 예감을 직감했다. 이 소리는 지진도 아니오, 해일도 아니오, 더군다나 태풍의 소리도 아니었다. 크고 시끄러운 꿈일 것이다. 아니 그렇게 믿고 싶다.

북한군이 소련군의 탱크를 앞세워 남쪽으로 내려왔다. 내가 사는 지역에도 폭탄이 터지는 빛이 보였다가 사라지곤 했다. 3일 만에 서울이 빼앗기고 사람들은 개미떼마냥 내려갔다. 남쪽으로 남쪽으로…… 몇몇은 바다에 뛰어들기도 했으나 금방 잡혀 올라오거나 시체로 올라올 뿐이었다. 그렇게 광복의 평화는 오래가지 못했다.

총대를 들었다. 지체할 시간이 없다. 학생, 어른 할 것 없이 총을 메고 전쟁터로 나갔다. 그리고 전우를 잃었다. 아주 많이. 우리 가족에게 마지막으로 하고 온 말이 있다.

"어머니, 동생아! 금방 돌아올게, 약속할게."

9월 20일

낙동강 최전선을 기준으로 팽팽하게 대립하던 중 낯선 군복이 보였다. 주변에서 "유엔군이다!" 하는 소리는 바로 옆 떨어지는 수류탄 소리에 의해 묻혀버렸다. 맥아더의 인천상륙작전을 통해 다시 서울을 수복하고 지금은 북쪽으로 진격하는 중이다. 얼마 전, 북한군 2만 명이 대구 근처 다부동으로 밀고 왔다. 그 소식을 듣고 모인 인원은 7천 명밖에 되지 않았다. 하지만 우리들은 '2만 대 7천'이라는 불리한 전투에서 승리를 이끌었다. 이대로 쭉 올라가서 통일이 이루어지리라 믿는다.

10월 13일

며칠 동안 끼니를 챙겨먹지 못하였지만 오랜만에 주먹밥을 먹었다. 요즘따라 어머니의 밥이 먹고 싶어진다. 지금 나의 한 쪽 다리는 총에 맞아서 매우 고통스럽다. 전쟁 중에 편지를 여러 장 썼지만 돌아온 답장은 두 장 뿐이었다. 한 장은 아직까지 잘 지내고 있으니 걱정 말고 잘 싸우고 돌아오라는 내용이었고, 나머지 한 장은 글씨도 잘 쓰지 못하는 동생이 삐뚤삐뚤하게 적은 "형, 엄마하고 나, 잘 있어."라는 내용이다.

어제도 오늘도 편지를 가슴속에 품고 총탄이 빗발치는 전쟁터로 나간다. 편지가 있어서 아픔을 잊을 수 있는 것 같다. 이 일기가 마지막이 아니기를.

11월 15일

이런 젠장. 중공군이 머릿수로 밀고 들어온다. 후퇴한다. 실시

후퇴를 하던 도중 몸이 가벼워졌다. 그 이후로 하늘에 계속 떠 있는 듯했다. 온 몸이 무겁지도 않았고, 총에 맞아 부상을 당한 곳도 아프지도 않았다. 심지어는 그곳에서 어머니를 본 기억이 어렴풋이 되살아난다. 그게 내 기억의 마지막이자 새로운 인생의 첫 시작이 될 줄은 아무도 몰랐다.

"헉."

'그'는 짧은 비명소리와 함께 일어났다.

"또 그 꿈이었군."

한마디를 하더니 자신의 팔과 다리를 만져본다. 없다. 폭탄이 터지던 그때 눈을 감았다 뜨니 왼쪽 팔은 없고 왼쪽 다리는 감각이 없었다.

"후……."

긴 한숨을 쉬더니 자리에서 일어났다. 10평짜리 좁은 집에 뭐가 많이 쌓여 있다. 훈장들. 1980년대부터 대통령들이 6.25전쟁 참전용사를 찾아와 훈장을 주며 사진을 찍고, 악수를 하며 '당신들이 계셔서 지금 우리가 있습니다.'라는 식상한 멘트를 날리고 간 횟수도 여러 번이다. 대통령이 '그'의 집을 방문할 때마다 당신의 집은 좁아서 대통령이 들어올 수 없으니 문 밖으로 나오라는 경호원들의 반강제적인 말과 대통령과 악수를 할 때 웃으라고 강요를 하는 태도까지 낯설지가 않다. 그렇게 받은 훈장은 거울에 비춰져 반짝였고, 뭐가 그리 자랑스러운지 색 하나 바래지도 않고 고개를 치켜든다.

오전 9시부터 리어카를 끌고 나간다. 나가다보면 굴러다니는 폐지와 빈병들이 많다. 하나씩 줍고, '그'가 자주 들르는 가게로 들어갔다. 가게의 사장은 반갑게 반겨주며 폐지를 리어카에 손수 담아줬지만 가게 안에 있던 사람들의 시선은 '그'에게 꽂혔다. 곧이어 들리는 목소리들……

"엄마, 저 할아버지는 왜 팔이 없어?"
"그런 건 보는 거 아니야."
"어쩌다 저렇게 되었을까……. 쯧쯧."
"야, 저기 봐 봐. 장애인이신가? 우리가 도와드릴까?"
"아니, 난 괜찮아."

'그'가 잘못한 것도 아니다. 다리를 절며 쓸쓸하게 걸어가는 '그'에게 꽂히는 시선과 말들도 익숙하다. 그 익숙함에 속아 '그'도, 사람들도 인식이 무뎌진 듯하다. 언제부터 이렇게 변했을까. 언제부터 국가에 모든 것을 바쳐 희생한 사람이 천한 대우를 받아야 했을까.

맴맴맴매앰—맴맴맴매앰

매미가 운다. 여름이 된 지는 한참 지났으나 더위는 악착같이 따라오고 있다. 등에서부터 땀이 흐르고, 동네를 돌고 돌아 고물상에 도착했다. 폐지와 빈 병들의 무게를 달자 4,500원이 나왔다. 오늘은 많이 나온 편이다. 왜냐하면 평소엔 3,300원 남짓했으니까. 천 원짜리 네 장과 오백 원짜리 동전을 주머니 깊숙한 곳에 눌러 넣고 밖으로 나왔다. 혹시나 떨어져 개미가 주워갈까 봐 주머니에 깊이 넣었다. 텅 빈 리어카를 끌고 터덜터덜 걸어갔다. 폐지가 보일 때마다 주웠다. 라면 국물이 묻은 박스나 물에 젖어 눅눅해진 폐지들도 보이는 대로 리어카에 담았다. 고속도로를 달리는 차들에 더위를 먹었는지, 바퀴가 두 개밖에 없어서 기가 죽었는지 오늘따라 리어카가 힘겨워 보였다.

집으로 돌아가는 길에 한 곳을 들렀다. 그곳은 얼마 전에 새로 생긴 6.25 전쟁 기념박물관이다. 도시 변두리에 있긴 하지만 다양한 행사도 열고 다른 곳에서는 하지 않는 특별전도 많이 개최하는 곳이다. 도착하니 주차장에는 차들이 얼마 없었고, 한쪽 귀퉁이에 리어카를 세워놓고 들어갔다. 사무실로 들어가니 안내원이 반갑게 맞아주었다.

"어르신 오셨어요?"
"허허, 지나가는 길에 한번 들렀수다."
안내원은 연신 싱글벙글하며 '그'를 반겨주었다.

"커피 드릴까요, 주스 드릴까요?"

"커피 한 잔만 주면 고맙겠소."

그렇게 커피를 받아 들고 전시관 안을 둘러보았다. 전시관 안에는 〈6.25 전쟁, 1129일 간의 기록〉이라는 주제로 전시를 하고 있었다. 전쟁 중에 찍은 사진들과 6.25전쟁 참전용사의 인터뷰, 우리 정부의 노력 등 영상들도 준비가 되어 있었다.

"정부는 6.25참전용사 분들에 대해 지속적인 노력과 지원을 계속하도록 하겠습니다. 세부적으로는 의료지원과 문화관람 혜택 및 최저생계 유지비를 지원하고 이번에 새롭게 도입된 (6.25전쟁)참전수당도 지급을 하는 것으로……."

"우리 단체에서는 6.25참전용사 분들에게 지급하는 참전수당의 금액을 이번 년도 5만 원에서 8만 원까지 올리도록 하고, 참전수당을 받으시는 분들도 예외자 없이 보상을 받을 수 있도록 하겠습니다."

"어떻게 전쟁에 불려 나가셨는지 당시 상황을 설명해 주세요."

"그때는 정신이 하나도 없었소. 일단 위에서 남자들 모집하라니께 우리들은 작별인사 할 겨를도 없이 고마 그길로 콜트(COLT 1911, 전쟁 시 사용하던 권총)를 받아 넣고, 엠원(M1, 전쟁 시 사용하던 소총)들고 쐈지, 뭐."

"그럼 전쟁에서 어떤 역할을 맡으셨나요?"

"나는 육군으로 제일 앞에 서서 길을 뚫었었지. 제일 먼저 빨갱이(공산주의자의 속된 말)보고 쏘고, 제일 먼저 지뢰도 밟을 뻔하고 그랬었다. 전우도 잃고, 가족도 잃고, 이젠 내가 제일 마지막인 것 같다."

"마지막으로 우리 후손들이 미래에 이뤄줬으면 하는 바람을 말씀해 주시면요?

일단 첫째로 해야 할 게 통일이라. 내가 암만 총들이고 쐈어도 핏줄은 같으니까 말이여. 남을 쏘는 게 나한테 돌아오는 것 같이 이 마음 한 구석이 아프더라. 그리고 전쟁 같은 짓은 다신 하면 안 된다. 나중에는 전쟁으로 원하는 바를 이룰지 몰라도 과정이 너무 슬퍼. 그냥 다 없어지고 마지막에는 나 혼자 남아.”

10분짜리 인터뷰 영상이 끝이 났다. ‘그’도 같은 생각이었을 것이다. 마지막에는 혼자 남는다는 것이 가장 마음에 와 닿았을 것이다. ‘그’는 한동안 그 영상 앞을 떠나지 못했다. 전쟁에 대한 죄책감과 미안함, 괴로움 등의 여러 감정들이 억누르고 있었기 때문이다. 무거운 발걸음을 옮겨보니 복도에서 6.25사진전이 따로 열리고 있었다. 전쟁 중에 정신이 없을 때에도 사진을 찍는 것을 보니 대단하다는 생각이 들었다. 작품 하나하나가 추억이자 고통이었다. 총에 맞는 순간을 포착한 사진, 연합군이 지원 폭격을 내려주는 사진, 서울을 수복하고 환하게 웃는 군인들이 담겨 있는 사진, 언제 전쟁이 끝날지 모르는 불안감에 떨고 있는 아이들의 표정까지 모두 생생하게 담겨 있었다. 그러다 한 작품 앞에서 발걸음이 멈추었다.

「제목 : 어머니」
「작품 설명 : 죽은 아들의 시체를 안고 있는 어머니의 모습」

아아, '그'의 어머니는 어디에 계시던가. 곁에 없었던 것이 항상 '그'와 함께 한 것이었다. 그래서 모른 척했다. 동생이 쓴 편지는 거짓이라는 것을 모른 척했다. 동생은 형을 걱정시키지 않으려 했었다. 어머니도 '그'에게 짐이 되고 싶지 않았다.

옛 기억이 되살아나 앞이 잘 보이지 않았다. '그'는 붉어진 눈시울을 손등으로 훔치며 마지막 전시실로 이동했다. 특이하게도 이 전시실에만 이름이 달려 있었다, 이름은 '아이들의 방' 그러나 문은 닫혀 있었고, 빨간 버튼만이 자리잡고 있었다. 호기심에 빨간 버튼을 누르자 문이 열리면서 빛이 환하게 들어왔다. 눈을 질끈 감았다가 떠보니 포스트잇이 수없이 붙여져 있는 방이 보였다. 왜인지 그 순간만큼은 다리를 절지 않았던 것 같다. 포스트잇에는 아이들이 쓴 글들이 있었다. 삐뚤삐뚤한 데다가 맞춤법도 틀린 것이 대다수였지만 '그'의 입가에는 미소가 가득했다. '우리들도 도와드릴게요.', '할아버지들 고맙습니다. 사랑해요.', '전쟁은 무서워요?' 등등 순수하고 어린 마음들이 빼곡히 묻어나는 아이들의 방이었다. 찬찬히 읽다가 옆에 있는 커다란 종이에 글을 써 내려갔다. 감정을 꾹꾹 눌러 담아서.

안내원에게 간단하게 인사를 하고 다시 집으로 돌아갔다.
또 폐지를 주웠다. 다리가 더 아프다.
또 빈 병을 담았다. 허리가 끊어질 듯하다.
다시 폐지를 줍고, 다시 빈 병을 담았다.

집에 도착해서 저녁을 먹으려 냉장고를 열고 반찬을 꺼냈다. 반찬은 김치와 간장, 두부, 밥이 전부였다. 저녁을 먹으며 통장잔액을 확인했다. 한 달 폐지수입이 10만 원, 참전수당이 15만 원, 노령 연금이 18만 원이 찍혀 있었다. 이번 달 수입은 43만 원이다. 물이랑 전기도 아껴서 쓰고 있지만 공과금은 매달 20만 원 이상을 내야 한다. 내일은 신경치료를 받기 위해 병원에 예약이 되어 있는데 병원비가 얼마나 나올지 모르겠다. 꼬리에 꼬리를 물면서 여러 가지 고민을 하고 있는 도중 전화가 걸려왔다.

"여보세요."
"난데, 추석 때 일찍 내려갈라고. 과일이나 사서 내려갈까?"
"그라던가."
"형은 국하고 이런 거 준비해 놔라."
"조금만 사온나. 많이 사지 말고."

뚝, 수화기를 놓았다. 얼마후면 추석인데 음식을 장만할 형편이 되지 않았다. 한숨을 쉬며 고개를 돌리니 얼마 전 받았던 훈장들이 눈에 띄었다. '뻔한 멘트가 발린 훈장'을 팔아서라도 지독한 가난과의 전쟁을 끝내고 싶었다.

사실 내가 태어날 적 우리 집안은 가난한 집안이 아닌 중산층에 속해 있었다. 전쟁이 일어나고, 아버지가 빨갱이로 수배가 되면서 우리는 재산을 모두 빼앗겼고, 집도 사라졌으며, 아버지도 빼앗겼다. 길바닥으로 내팽개쳐진 후 어머니는 구걸과 장사를 하며 푼돈을 모아 나와 동생을 키우셨고 그때부터 아버지를 싫어했다.
어머니는 주로 나물들을 캐셨다. 항상. 허리를 구부리고 일을 하여서 허리가 반으로 굽었고, 어머니는 항상 허리를 숙여야만 했다. 하루하루가 고

통의 나날이었지만 이 형편에 병원에 갈 엄두도 내지 못하고 집에서 시름
시름 앓는 것이 전부였다. 나와 동생은 잠에 취해 어머니를 도울 생각조차
하지 않았었다. 왜 그랬을까.

아침에 험난한 산으로 올라가 나뭇가지에 긁히면서 바구니에 한가득 담
은 나물들은 팔았으며, 팔고 남은 것은 우리가 먹었다. 동네에 하나밖에 없
던 학교는 꿈조차 꾸지 못했고, 우리 가족은 돈 벌기에 급급한 시기였다.

그런 생활을 하는 도중 나도 전쟁에 동원되었다. 그날을 잊을 수가 없다.
갑자기 집으로 들이닥친 동네 이장과 군인들은 곳곳을 뒤진 후 나를 잡아
갔다. 어머니는 군인의 무릎밖에 되지 않는 키로 다리에 매달렸다. 하지만
돌아오는 것은 군인의 매정한 발길질이었다. 동생은 두려움에 몸을 숨기기
급했다.

임시 수도가 대전으로 정해졌을 즈음에 그렇게 나는 떠났다. 어머니도,
아버지도, 동생도 모두 떠났다. 아무것도 생각나지 않는다. 생각하기 싫어
서 잊어버렸다. 기억속의 그 부분을 건드리기 싫었다. 내 인생의 기억들을
지워버리고 싶었다.

버틸 것만 같던 여름이 가고, 쌀쌀한 가을바람이 변두리 마을을 반겼다.
추석이다. 먼지 하나 휘날리지 않던 변두리 마을에 사람소리가 들린다.

"할머니, 저희 왔어요!"
"아이고, 우리 손녀 이게 얼마만이고? 한복을 입으니까 더 인물이 나네."
"보고 싶었어요. 여기 먹을 것도 이만큼 사왔어요"
"얼른 집에 들어가자."
동네가 시끌벅적해지고 이때쯤이면 그리운 손님이 찾아온다. '그'의 마
음이라도 읽었는지 곧이어 대문이 열린다. 손님은 '그'의 동생이다.

"형님, 잘 지내셨소?"

"나야 뭐 좋이나 줍고 살제."

오랜만에 만난 동생의 안부가 쑥스러운 듯 말을 돌린다.

"오늘은 왜 이리 일찍 내려왔노?"

"어무이 볼라고 일찍 내려왔다, 와?"

"아이다. 빨리 음식이나 꺼내라."

도로가 막히는 것 때문에 버스를 타고 일찍 내려온 듯하다. 보따리에 꽁꽁 싸매온 음식들을 꺼내고 상을 폈다.

잠시 후, 작은 상에 생선과 고기를 순서대로 놓고, 탕국과 나물을 건네받아 올렸다. 앞쪽에는 배와 사과 밖에 올리지 못했다. 원래 추석 차례 상에는 많은 것을 올려야 하지만 차리지 않은 것만 못했다. '그'와 동생이 절을 하자 서로 부딪힐 만큼 집도 좁았다. 차례를 지낸 후, 짧은 이야기를 나누고 헤어졌다. 허탈한 마음에 바닥으로 시선을 옮기니 무엇인가 떨어져 있었다. 색이 바랜 훈장이다. 먼지가 쌓여서 잘 보이지 않았다. 하지만 가운데의 무궁화 모양만은 뚜렷했다. '그'는 알 수 없는 미소를 지으며 원래의 자리로 돌려놓고 방으로 들어갔다.

"국가 유공자에 대한 구체적인 법안을 제시하라!"

"제시하라! 제시하라!"

"정부는 책임을 지고 국가유공자에 대한 대우를 보여줘라!"

앞장서서 확성기를 든 사람과 시위대의 소리가 날이 갈수록 커져만 갔다. 이 시위는 국가 유공자에 대한 구체적인 법안 제시를 요구하는 것이다. 시위가 일어나게 된 결정적인 배경은 추석 연휴 마지막 날, 부산에서 일어났다. 그 사람은 6.25참전용사였는데 추석연휴를 보내지 못하고 고물상에 물건들을 내다 팔며 생활하고 있었다. 하지만 물건과 폐지를 줍는 도중에 주민과 시비가 붙었고, 화가 난 주민은 흉기를 들고 살해를 하는 행위를 저질렀다. 경찰이 자세한 경위를 조사하던 도중 국가유공자에 대한 정부의 지원 논란이 대두되었다. 국가유공자 등 예우 및 지원에 관한 법률에 따르면 국가유공자로 인정을 받은 사람은 매 달마다 지원금을 받아야 한다. 하지만 정부에서는 구체적인 법령이 나와 있지 않다는 이유로 책임을 떠넘기며 지원금을 지급하지 않았던 것이다. 결국 시위가 발생하게 되었고, 전국의 많은 국가유공자들이 참가하면서 전국 시위로 퍼지게 되었다. 그들이 원하는 최종 목적지는 '국가 유공자에 대한 보호 및 명예수당 지급에 관한 구체적 법률 마련과 담당기관 설치, 기본권 침해 금지'이었다. 기본권 침해 금지는 한 나라의 국민으로서 보장받아야 할 당연한 권리이다. 하지만 현재 정부는 기본권마저 보장해 주지 못하고 있다.

'그'는 6.25참전용사로 인정을 받아 명예수당을 받고 있지만 한 달 생활비로 턱없이 부족했고 그마저 받지 못하는 사람이 대다수였다. 뉴스 및 언론에서는 이번 시위가 쉽게 잠잠해질 것이라 했지만 그렇지 않았다. 언제 끝날지도 모르고, 언제 다시 시작될 지도 모르는 전쟁터 속에서 모든 것이 종료된다.

고자골목

이도하

1
터벅터벅

어제와 똑같은 길을 걷는다. 여전히 달라진 것이 없는 풍경과 항상 지나치는 어제의 사람들.

이른 아침, 졸린 눈을 느리게 감았다가 천천히 떴다. 몇 걸음 안 가 자꾸만 흘러내리는 가방에 짜증스럽게 허리를 펴고 가방끈을 잡아 올렸다. 사거리를 지나 목욕탕이 있는 골목에 들어선 순간. 작년 겨울에 생긴 고양이 가게 주인아저씨가 골목 어귀에 쭈그려 앉아 담배를 피우고 있는 모습을 볼 수 있었다. 어쩔 때는 가게 앞을 빗자루로 쓸고 있기도 한다. 마른 체격, 항상 피곤에 찌들어 있는 얼굴, 또 표정은 어찌나 험악하게 구겨져 있는지. 가끔씩 눈이라도 마주치면 흠칫 놀라 슬며시 눈을 피하기도 한다. 얼마 전에는 가게 유리창을 닦고 있는 아저씨의 모습을 힐끗 쳐다보다 눈썹 위에 커다랗게 찢어진 흉터도 발견했다. 단순히 고양이 가게 주인아저씨라기에는 과거가 무척이나 궁금해지는 얼굴이었다.

그 고양이 가게를 지나쳐 몇 걸음 더 걸어가면 어김없이 내 앞을 지나치는 자전거. 여름방학이 끝나고 새 학기를 시작한 그 언젠가부터 보이기 시작한 자전거 언니였다. 하나로 질끈 묶은 주황빛 머리, 뺑뺑이 안경, 그리고 누가 봐도 튀는 빨간 리본 헤어핀. 오늘은 꽉 끼는 보라색 운동복을 입고 열심히 자전거 페달을 밟는 자전거 언니까지 모두 어제 아침과 똑같은 사람들이었다.

오늘이 어제인지. 어제가 오늘인지. 하루가 지난 건 맞는지 의문이 들 때면 가끔씩 자전거 언니의 운동복이 바뀌는 색을 보며 '아, 하루가 지났구나.' 생각한다. 학교로 통하는 큰 길로 빠지기 전, 골목의 마지막 전봇대에서 잠깐 멈춰서 하얀 이어폰을 꺼내 귀에 꽂고 노래를 재생한다. 그리고 다시 걸음을 옮겨 골목을 빠져 나간다.

이 골목의 이름은 고양이 가게+자전거 언니의 앞 글자를 따 '고자골목'이라고 부른다. 여름방학 중 문득 생각이 들어 내 멋대로 지은 이름이지만 생각하면 생각할수록 아주 마음에 드는 이름이다.

큰길로 들어서자 나와 같은 교복을 입은 아이들이 하나 둘 보이기 시작하더니 점점 그 수가 많아졌다. 왠지 사람들이 많아지면 많아질수록 바빠지는 발걸음에 아무 생각 없이 이어폰에서 들려오는 노래 소리에만 집중한 채 등굣길을 걸어 학교에 도착하면 내 일상 중 가장 지루하고 의미 없는 시간을 보낸다.

2
없다

매미소리가 가득 찼던 여름이 점차 지나가고 시원하게 높이 뻗은 하늘을 자랑하는 가을이 조용히 다가왔다. 5교시 국어시간 창가 자리. 밥도 먹었겠다. 적당히 시원한 바람과 따스한 햇볕. 그리고 나긋나긋한 선생님의 목소리는 자장가가 된 마냥 나른해져 무거워진 눈꺼풀이 스르르 내려온다.

중간고사가 일주일 앞으로 다가왔다. 그에 맞춰 반 분위기는 한층 더 진지해지고 무거워졌다. 칠판을 뚫어져라 쳐다보며 열심히 필기하는 아이들을 보면 항상 이런 생각이 든다. 목표가 뭘까. 짧게 당장의 시험점수를 높이기 위해서가 아닌 그 점수를 받기 위해 열심히 노력하는 근본적인 목표가 궁금했다. 진로시간. 자신의 꿈을 적는 칸에 '없다' 또는 막연히 '공무원'이라고 적은 아이들이 수두룩 빽빽이 앉아 있는 이 반의 아이들의 목표가 도대체 뭘까. 나는 조용히 연필을 내려놓고 선생님의 눈치를 보며 창가 창문에 머리를 기대었다. 자꾸 잠이 쏟아져 슬며시 눈을 감았다. 나는 목표가 뭐지. 아무리 생각해도 당장의 목표도 꿈도 딱히 없었다. 바로 일주일 코앞까지 다가온 중간고사에도 관심이 없는 내가 목표가 있을 리가 없다.

문득 언젠가 책에서 봤던 마라톤이 떠올랐다. 꿈도 결승선도 도착지점도 정해지지 않은 마라톤. 마치 메마른 사막, 어딘가 황폐한 길에서 마냥 걷기만 하는 지친 나의 모습이. 막막했다. 그래서일까. 나에게 하루는 지루하기 짝이 없었다. 하루하루가 전부 의미 없는 시간들 뿐이었다. 최근에 들어 더욱 그런 생각이 많이 드는 요즘이다. 속에서 알 수 없는 울렁거림이 잔뜩 올라와 인상을 찌푸렸다.

회색 하늘, 칙칙하고 건조해 들이마시면 목과 코를 갑갑하게 만드는 공기와 같은 내 하루에 자극을 주고 변화시켜 줄 무언가가 간절히 필요했다.

그리고 내 바람이 하늘에 닿은 걸까.

3
그날

그날도 여느 때와 다름없는 날이었다. 고양이 가게 주인아저씨, 자전거언니, 고자골목. 특별히 다른 점이 있다면 금방이라도 비가 쏟아질 것만 같은 회색 하늘이었다. 차라리 시원하게 비라도 내리면 좋을 텐데. 축축이 내려앉은 공기방울들이 내 몸도 같이 축축 처지게 만들고 끈적거리는 피부들이 서로 스칠 때마다 짜증이 머리끝까지 퍼지는 날씨였다. 그래, 그런데 말이다. 회색 하늘 말고는 특별히 달라진 것 없는 풍경이 반복되는 어제와 같은 하루였지만. 그날의 아침은 이상했다. 전날 밤. 제법 쌀쌀해진 날씨에 여름 내내 입던 하복을 정리하고, 장롱에 있던 동복을 꺼내 옷걸이에 걸어 두었다. 작년에도 입었었고 내년에도 입어야 할 동복이었지만 괜히 새 옷을 입는 것만 같은 기대감에 부풀었다. 그렇게 들뜬 밤을 보내서 그런지 아침은 새로운 설렘이 가득 한 기분이었다. 그날따라 굼벵이마냥 느려터진 시간은 잠깐 눈 깜빡 한 사이에 4교시가 끝나 점심을 먹고 있었고 또 잠깐 감은 눈을 떠보니 종례시간이었다. 지금에서야 그날의 아침을 다시 되짚어보니 그날은 여느 때와 다름없는 날이라고 말하기에는 아주 조금 다른 감이 있었다.

4
세 발자국

사건은 집으로 돌아오는 '고자골목'에서 일어났다. 학교에 있는 동안 하늘을 뒤덮었던 회색 구름은 자국 하나 없이 깨끗이 걷혀져 맑은 하늘을 내보이고 있었다. 얼마 전부터 '고자골목'에 공사장이 들어섰다. 그리고 공사장이 들어선 지 얼마 안 돼서 그 맞은편에 또 공사장 하나가 더 들어섰다. 내가 보기에는 아주 멀쩡한 집들이었는데 그 집 문고리 하나도 남김없이 다 부수더니 그 위에 새로운 건물을 짓고 있었다. 그 덕에 아침마다 시끄러운 공사소리 때문에 귀가 먹먹해 지는 고생을 감수해야 했다. 시끄러워진 '고자골목'을 통해 학교를 다니는 최근 며칠 동안 한 공사장이 건너편 골목 길의 다른 공사장보다 집짓는 속도가 조금 느리다는 걸 알게 되었다. 어쩔 때는 일주일 내내 공사하는 사람들이 안 보이기도 한다. '그날' 집으로 돌아오는 골목길에서도 역시 그 공사장은 사람 하나 보이지 않았다. 그저 아무 소리 없이 공중에 흩날리는 작은 먼지들만이 있을 뿐이었다. 그 작은 먼지들이 눈을 간질더니 이제 콧속까지 들어와 기어코 기침을 하게 만들었다.

그때, 무심결에 보낸 시선이 시멘트 바닥에 누워 있는 건지 아님 쓰러진 건지 몸을 잔뜩 붙여 눈을 감고 있는 듯한 고양이에게 사로잡혀 눈을 뗄 수 없었다. 집으로 향하던 발걸음을 돌려 공사장 안으로 조심히 들어섰다. 그리고 그 고양이에게 한 발자국 다가섰다. 잘 정돈된 하얀 털을 가지고 있는 고양이였다. 다시 한 발자국, 목 부근에서 반짝거리는 무언가가 보이는 걸 보니 목걸이가 아닐까. 주인이 있는 고양이구나. 천천히 한 발자국을 더 내밀자 석양에 늘어진 건물 그림자 속에 고양이는 아주 깊이 잠이 든 건지 사람의 기색이 전혀 느껴지지 않은 것처럼 꿈적도 하지 않았다.

문득 '죽은 걸까.' 이번엔 두 발자국을 빠르게 내딛었다. 꽤 가까워진 거리. 오르내리는 배의 움직임도 없는 고양이는 내가 이만큼 가까이 왔어도 그저 가만히 눈을 감고 있을 뿐이었다. 고양이의 주변. 검붉은 무언가 고양이의 새하얀 털을 적시고 있었다. 흘러내린 가방끈을 꼭 붙잡았다. '죽었겠지.' 누군가 내 심장을 점점 잡아 쥐어 오는 것마냥 금방이라도 터질 것만 같은 심장이었다. 감정이 주체가 안 됐다. 미친 듯이 뛰는 심장을 얼마 만에 느끼는 건지. 가방끈을 쥐고 있는 손은 땀이 주룩 흐르고 있었다.

고양이 코앞까지 남은 세 발자국. 내가 저 코앞까지 갈 수 있을까. 진정시키려 해도 가슴을 뚫고 나올 정도로 뛰어대는 심장이 벅찼다. 그 심장에 맞춰 표정조차도 마음대로 제어가 되지 않았다. 잔뜩 긴장이 들어간 얼굴 근육은 입 꼬리가 올라갔다 다시 내려갔다 이빨을 다물어 턱에 힘을 주게 만들었다. 무서웠다. 이 상황이 아니라. 순간적으로 내심 죽어있기를 바라는 나의 마음이 너무 무서웠다. 그래서 도저히 그 세 발자국을 내딛을 수 없었다.

그래, 다시 돌아가자. 발걸음을 옮기려 하자 주체할 수 없는 이 감정들이 마구 솟구쳐 돌아가려는 발을 무겁게 잡아들였다. 결국에 나는 아무것도 할 수 없었다.

그때, 다시 보이는 고양이 주변의 검붉은 피가 눈에 보이자 살아가면서 절대 느낄 수 없었던, 아주 깊은 곳에서 찡하게 울리며 뜨겁게 올라오는 무언가가 나의 등을 세게 밀어 쳤다. 고양이의 작은 코앞에 내 신발이 닿자 죽은 고양이라는 것을 확실하게 확인할 수 있었다. 예쁘게 감긴 고양이의 두 눈이 나에게 원망을 내뱉는 것만 같아 죄책감이 밀려왔다.

5
고양이

스프링이 삐죽삐죽 튀어나온 침대에 몸을 던졌다. 오늘 하루 내내 긴장되어 있던 허리가 쭉 펴지고 무거웠던 마음이 한결 편안해 진다. 집으로 돌아오던 고자골목길, 공사장, 죽은 고양이의 시체. 눈을 지그시 감고 오늘 하루를 다시 되짚어 보았다. 알고 보니 죽어 있던 고양이는 내가 항상 지나치던 고양이 가게에서 키우던 아이였다. 예전에 가게 앞을 지나치다가 꼬리가 반쯤 잘린 하얀 고양이를 본 적이 있었다. 그 고양이를 처음 보았던 날을 생생히 기억한다.

맑은 햇빛이 투명한 유리창에 살포시 닿아 새하얀 고양이의 털을 환하게 비쳐주던 나른한 오후였다. 큰 유리창 앞에 영롱한 눈빛을 반짝이며 지나가는 사람들을 뚫어져라 쳐다보는 모습이 묘하게 시선을 사로잡았다. 그러다 지루한 건지 잠이 오는 건지 입이 찢어져라 크게 하품을 하더니 반쯤 잘려져 있는 짧은 꼬리를 우습게도 살랑살랑 흔들다가 이내 나에게 뒷모습을 보이며 내 시야에서 사라졌던 고양이. 참 이상하게도 그날 하루 동안 꼬리가 잘린 그 하얀 고양이의 모습을 내 머릿속에서 떨쳐낼 수 없었다. 그래, 그 고양이였는데 시체를 처음 본 순간 너무 놀라서 그만 내 기억 속 하얀 고양이일 줄은 생각도 못했다.

그러다 차츰 감정이 다스려지고 나서야 꼬리가 다른 고양이들과 다르다는 것을 깨닫고 기억 속의 고양이가 떠올랐다. 그것을 깨닫자마자 나는 고양이 가게로 냅다 뛰었다. 딸랑딸랑 울리는 문소리에 주인아저씨가 나를 험상궂게 쳐다보았다. 그러곤 나는 무작정 아저씨의 팔목을 잡고 공사장으로 달렸다. 고양이 가게부터 공사장까지 얼마 안 되는 거리였지만 아저씨는 인상이 구겨질 때로 구겨져 숨을 몰아쉬며 날카로운 눈으로 나를 홱 쳐다보셨다. 나는 그런 아저씨께 보란 듯 고양이시체가 있는 쪽을 손으로 가리켰다. 아저씨는 짜증스러운 표정으로 그쪽을 쳐다보시더니 점점 얼굴이 굳어갔다. 그리고 마치 조금 전 나의 행동을 재연하듯 천천히 고양이의 시체 쪽으로 발걸음을 한 발짝씩 옮기기 시작했다. 아저씨의 표정은 생각보다 무덤덤했다. 하지만 애처롭게 떨리는 아저씨의 두 손은 그렇지 않았다. 그런 아저씨의 모습을 지켜보는 내내 마음이 편치 못했다. 순간이었지만 내심 죽어 있길 바랐던 '나'인데 불편한 마음이 드는 것은 당연한 일이었다. 그리고 나는 조심스럽게 입을 열었다.

　"아저씨네 고양이 맞죠?"

　아저씨는 아무 말이 없었다. 내가 무슨 질문을 해도 대답해 주지 않을 것처럼 아저씨의 입은 굳게 다물어져 있었다. 그 뒤로 나는 아무것도 하지 않은 채 그저 아저씨의 뒤에 서서 그 모습을 가만히 지켜보고만 있었다. 조금씩 꿈틀거리는 아저씨의 등이 꼭 울음을 참고 있는 것 같았다. 그러다 다리에 힘이 풀린 듯 시멘트 바닥에 주저앉은 아저씨의 뒷모습을 보다가 고양이에게로 시선을 옮겼다.

　새하얀 털에 분홍 코. 꼭 감은 예쁜 두 눈이 금방이라도 영롱한 눈빛으로 나를 올려다 볼 것 같았다. 그리고 하얀 털색에 어울리는 은색 목걸이도……? 이상했다. 자세히 뜯어보니 고양이의 목걸이라고 생각했던 것은 공사장 주변에서 많이 보이는 얇은 쇠사슬이었다. 쇠사슬은 사람 손목도 들어가지 못 할 정도의 구멍으로 고양이의 목에 꽉 묶여 있었다. 목 주변의 털에 피가 진득하게 묻어 있는 걸 보니 저 쇠사슬이 고양이 죽음의 원인이지 않을까. 사람의 손목도 들어가지 않을 정도의 구멍에 고양이 머리가 스스로 들어갔을 리 없다. 그렇다면 누군가 고양이의 목에 저 쇠사슬을 묶었다는 것인데. 도대체 누가 저렇게 잔인한 짓을. 예상치 못 한 쇠사슬에 머리를 세게 얻어맞은 듯 뒤통수가 얼얼했다. 그렇게 그 자리에 얼어 고양이의 모습을 한참 쳐다봤다. 아저씨는 조심스럽게 고양이의 시체를 품에 안아 나와 눈을 맞췄다. 쇠사슬 생각에 빠르게 돌아가던 머리는 아저씨의 슬픈 눈과 마주치자 일순간 모두 멈춰버렸다. 아저씨는 아무 말이 없이 나와 시선을 주고받고 무언가를 말하려는 듯 머뭇거렸지만 이내 내 옆을 지나치셨다.

고양이 시체를 품에 안고 힘없이 걸어가는 아저씨의 뒷모습은 형용할 수 없을 정도의 슬픔이 느껴졌다. 아저씨가 가게 안으로 들어가는 것까지 보고 나서야 힘겹게 발걸음을 돌렸다.

불편해진 자세에 베개를 다시 고쳐 베고 벽 쪽으로 몸을 돌려 누웠다.

6
동질감

다음 날. 학교를 마치고 항상 그랬듯 '고자 골목'을 걸었다. 어제 사건이 있었던 공사장 앞에 잠깐 멈춰서 핏자국이 남은 시멘트 바닥을 한참을 쳐다 보다 다시 걸음을 옮겼다. 그렇게 걸음을 옮겨 고양이가게 앞에 다다랐을 때 밖에 나와 있던 주인아저씨와 눈이 마주쳤다. 겨우 어제 하루 동안이나마 오래 봤다, 라고 말할 수 있는 사이에 말도 한번 섞어 보지 못했지만 왠지 중요한 비밀을 공유한 친밀한 사이로 느껴졌다. 아저씨는 그렇게 느끼지 않았는지 금방 눈을 다른 곳으로 돌리며 가게 안으로 들어갔다. 그리고 나는 무슨 생각이었는지 무작정 아저씨를 따라 가게 안으로 같이 들어갔다. 나도 갑작스런 나의 행동에 당황스러워 어쩔 줄 몰라 손에 잡히는 물건을 아무거나 집어 아저씨에게 물었다.

"이거 얼마예요?"

아저씨도 당황스러웠는지 둥그레진 눈으로 나를 내려다보았다.

그러고선 내가 집었던 물건의 가격표를 가리키며 아무런 말도 하지 않았다.

나는 나의 행동이 괜히 민망해져 주머니 속에서 꼬깃꼬깃해진 지폐를 몇 장을 건네주고선 급히 가게를 빠져나오려 했다. 그런 내 속마음을 어떻게 알았는지 아저씨는 다급한 손짓으로 기다리라는 신호를 보냈다. 그리고 아저씨는 나에게 주위에 있는 간식 몇 개를 더 챙겨주시더니 옆에 달려 있는 종이에 큰 글씨로 '고맙다'라는 글을 적어 내게 보여줬다. 나는 그런 아저씨의 행동에 의아해 눈을 껌뻑거리다 금방 눈치를 챘다. 나는 아저씨에게 조심스럽게 물어 봤다.

"혹시……."

하고 말을 이을 수 없었다. 왠지 실례가 될 수도 있다는 생각에 말을 더 이상 쉽게 잇지 못했다. 그런 내 마음을 이해하셨는지 괜찮다는 듯 웃음을 짓고 한참을 종이에 글씨를 적으시더니 나에게 건넸다.

어제 우리 체리가 어디 있었는지 가르쳐 줘서 정말 고맙다. 원래 자주 가게를 나갔다가 다음날이나 모레면 다시 가게에 돌아오는 아이인데 일주일 동안 안 들어와서 많이 걱정하고 있었어. 시체라도 찾아서 다행이다.

종이를 보여주며 살짝 웃고 있는 아저씨의 모습은 무척 슬퍼 보였다. 입은 웃고 있었지만 눈은 그렇지 못했다. 그 죽은 고양이의 이름은 체리였나 보다. 새침한 얼굴이 체리라는 이름도 제법 잘 어울렸었을 것 같았다. 그리고 또 잠시 동안 잊었던 죄책감이 나를 짓누르기 시작했다.

나는 아저씨의 고맙다는 말에 차마 대답을 해줄 수 없어 억지로나마 웃음을 짓고 급하게 가게를 빠져나왔다. 집으로 돌아와 키우지도 않는 고양이의 간식을 책상서랍 아무 곳에나 쑤셔 집어 놓고선 침대에 드러누웠다.

무슨 사연인지 반쯤 잘린 꼬리를 가지고 있었던 죽은 고양이, 말하지 못하는 장애를 갖고 있는 주인아저씨, 그리고 '나', 공통점이란 찾아 볼 수 없지만 묘하게 동질감이 느껴지는 건 왜일까.

7
용의자

학교에 있는 시간 집에 있는 시간 이동시간 등 하루 스물네 시간 모두 고양이 생각으로 전부를 보냈다. 죽은 고양이 시체의 장면들이 떠오르기라도 하면 마음 한 구석에서 묵직한 죄책감이 나를 불편하게 만들었다. '누가 그랬을까. 누가 그렇게 잔인한 짓을 했을까.' 그럴 때마다 범행을 저질렀을 그 누군가에게 집착을 하며 스스로를 위안했다. 이기적이지만 어서 빨리 이 무거운 죄책감을 떠넘기고 싶은 못난 마음을 어쩔 수 없었다.

이런 마음에서라도 나는 꼭 범인을 지목해야만 했다.

가방에서 어제 오늘 하루 종일 추리한 것을 적어 놓은 검은 노트를 꺼냈다.

1. 고양이 목에 감겨 있던 쇠사슬은 사람 손목도 들어가지 못할 정도로 고양이 목에 꽉 묶여 있었다. 원래 본성이 순종적이지 못한 고양이가 반항한 번 안하고 사슬에 묶였을까?

1-① (순종적이게 묶임)고양이가 의식이 없었거나 몸을 움직이지 못하게 한 경우

1-② (순종적이게 묶임)고양이와 무척이나 친밀한 관계를 가진 사람이 묶었을 경우

1-③ (반항하며 묶임)어떠한 경우든 가능. 고양이가 반항을 하며 묶여졌다면 범인의 손목이나 팔 부근에 고양이 손톱자국이 나 있을 수도 있다.

2. 고양이를 죽인 범인.

1-①일 경우 : 영유아가 아닌 이상 세상 모든 사람이 범인 가능성이 있음

1-②일 경우 : 가게 주변 인물들, 가게 단골.

1-③일 경우 : 손목 팔 얼굴 등 긁힌 상처가 있는 사람들이 범인 가능성 높음.

3. 고양이를 쇠사슬로 목을 묶어 죽였다는 점.

3-① 충격적이고 우발적이며 범인을 자극시킬 만한 무언가의 상황이었을 경우.

3-② 제정신이 아닌 사람(사이코패스, 정신질환자 등)

8
통조림

그 뒤로 나는 고양이 가게 주변의 옷가게 아주머니, 철물점 아저씨, 슈퍼마켓 아저씨, 심지어 주인아저씨와 자전거 언니까지 전부 용의자로 검은 노트에 기록했다. 하지만 그럴 듯한 증거는 아무리 찾아도 나오지 않았고 그

저 용의자들의 행동을 기록하는 일이 전부였다. 평일뿐만 아니라 주말까지도 골목길을 왔다 갔다 하면서 세심한 것 하나하나까지 주의 깊게 관찰했지만 날이 가면 갈수록 아무런 결과도 가져오지 못 하는 하루에 조금씩 지치기 시작했다.

그러던 어느 날. 그날도 증거를 찾기 위해서 내 금쪽같은 주말을 반납하고 '고자골목'을 돌아다녔다. 어떠한 증거도 찾지 못하고 오늘도 허탕 쳤구나 생각하며 저녁이 다 돼서야 터덜터덜 집으로 돌아가는 길이었다. 사건이 있었던 공사장 주변을 기웃거리며 지나가고 있을 때, 오랜만에 보이는 공사장 아저씨들의 짜증 섞인 목소리가 내 귀에 들려왔다.

"에잇! 아니 한두 번도 아니고 말이야!"

"그러게, 도대체 누구야. cat food? 고양이 간식 통조림 같은데?"

'고양이'라는 소리에 눈이 번쩍 뜨여 공사장 아저씨들이 얘기를 나누고 있는 장소로 시선을 옮겼다. 그곳에는 고양이 간식이 담겨져 있는 통조림 몇 개가 나뒹굴고 있었고 그 장소에서 조금 떨어진 곳에 통조림의 내용물이 다 쏟아져 있었다. 그러곤 공사장 아저씨들은 인상을 찌푸리며 짜증을 한껏 내고선 옆에 놓인 수건을 들고 빈 통조림을 발로 뻥 차버리더니 어디론가 향해 사라졌다. 그것에 대해 깊게 생각할 틈도 없었다. 당연히 주인아저씨가 고양이를 애도하려는 마음에 통조림을 부어 놓았거니 생각하며 아무 미련 없이 그곳을 지나쳤다.

그렇게 나날이 허탕만 치다가 점점 지쳐가고 의욕을 상실해갔다. 결국에는 '내가 죽인 것도 아니잖아 그냥 죽어 있길 바랐던 것 뿐인데 왜 이렇게 고생해야 하지?'라는 생각이 들 지경까지 왔다. 고양이를 죽인 범인 잡기는 날이 가면 갈수록 가벼워지는 죄책감에 점점 초심을 잃어 갔다.

9

단서

조용한 가을의 오후는 싱그럽고 더없이 맑았다. 아직 아무도 나오지 않은 학교를 배가 아프다는 명목으로 혼자 일찍 빠져나와 집으로 돌아가는 길이었다. 이제 '고자골목'의 공사장은 한 개밖에 남지 않았다. 고양이가 죽은 그 공사장만이 골목길에 남아 있었다. 공사장은 아직도 한 달 전에 본 그대로의 모습이었다. 도저히 진전이 없어 보이는 공사장의 모습은 마치 지금의 내 상황과 겹쳐보였다. 그 사건 뒤로 항상 기웃거리며 지나치던 공사장이었지만 이제는 도저히 질려 눈길 한번 주지 않고 집으로 향했다. 그러다 문득 어제의 그 빈 통조림이 생각나 그곳으로 고개를 돌렸다. 어제처럼 통조림의 내용물과 빈 깡통들이 마구 뒤섞여 있어 어지러운 공사장 안이 더 더러워 보였다. 그것들을 계속 보다보니 의문이 생겼다. 가게 앞을 깔끔히 쓸던 아저씨의 모습, 매일마다 유리창을 닦는 아저씨의 모습들이. 아저씨라면 통조림을 깔끔히 치워놓고 갔을 텐데.

공사장을 지나쳐 항상 그랬듯이 고양이 가게로 들어섰다. 그 사건 뒤로 학교가 마치면 매일 같이 가게에 들러 조그만 것 하나라도 꼭 사가곤 했다. 딸랑거리는 문소리가 나자 책을 읽고 있던 아저씨는 나를 쳐다보고 옅게 미소를 지어준 뒤 다시 책으로 눈을 돌렸다.

나는 고양이 장난감 코너로 가 한참 구경을 하며 아저씨에게 말을 건넸다.

"근데 아저씨. 공사장에 통조림 놔두지만 말고 치우고 가시는 게 좋을 것 같아요. 어제 공사장에 있던 아저씨들이 그것 때문에 많이 화난 것 같던데."

나의 말에 아저씨는 이해할 수 없다는 표정으로 고개를 살짝 기울이시더니 책을 내려놓고 옆에 있던 종이에 빠른 속도로 글씨를 써나갔다.

무슨 소리냐, 나는 공사장에 통조림 같은 거 놔둔 적 없어. 체리가 죽고 난 뒤로 그 공사장 근처도 못 갔다.

종이의 글을 보자마자 망치로 뒤통수를 한 대 맞은 듯 머리가 울렸다.

아저씨가 아니란 말이야? 그렇다면 도대체 누가.

그리고 번쩍 떠오르는 생각에 주인아저씨께 인사도 못 드리고 가게를 급히 빠져나와 다시 공사장 쪽으로 향했다.

공사장에 도착하고 나서 나는 그 자리에 우두커니 서서 멍하니 빈 통조림을 바라봤다. 그날처럼. 마치 고양이의 시체를 봤던 그날처럼 바라봤다. 고양이가 죽은 장소에 간식 통조림, 하필이면 '고양이' 간식이 저렇게 많이 버려져 있다는 것은 결코 우연이라 말 할 수 없다. 주인아저씨가 아니라면 다른 누군가가 간식 통조림을 놔두었다는 건데 그 사람이 사건의 강력한 용의자라 해도 할 말이 없다. 도저히 진전이 없어 지칠 대로 지친 사건 수사에 다시 의욕이 활활 불타오르고 있었다.

일주일 내내 공사장에 통조림을 놔둔 범인을 찾기 위해 무던히도 애를 썼다.

통조림은 하루에 새로운 통조림이 하나씩 늘어났다. 그렇다면 통조림을 놔두는 사람은 하루도 빠짐없이 온다는 것이다. '그럼 하루 중 어느 시간대에 오느냐?' 에 대해 생각하다가 언제 오는지 알 수 있는 방법을 의외로 쉽게 찾을 수 있었다. 매일 매일 등굣길에 한번 공사장의 통조림 사진을 찍고 하굣길에 한번 공사장의 통조림 사진을 찍어 모았을 때 사진들의 공통점을 볼 수 있었다.

등굣길에 찍었던 사진은 그 전날 찍었던 하굣길의 사진과 똑같았다. 개수, 형태, 늘어난 통조림 없음.

등굣길의 사진과 그날 찍은 하굣길의 사진은 달랐다. 확실히 개수가 늘어나 있었고 미묘하게 바뀐 통조림의 위치 그리고 새로운 통조림 그 결과 통조림을 놔둔 사람을 활동 시간은 내가 학교에 있을 시간인 오전 8시부터 오후 5시까지이다. 알아낸 시간 범위가 너무 넓긴 하지만 그래도 스물네 시간 중 이만큼 추려낸 것이 스스로 무척 만족스러웠다. 이렇게 조금씩 범인에게 가까워지고 있는 거겠지.

10
잠복

사건의 단서를 찾으려 눈코 뜰 새 없이 바쁘게 지내다 보니 벌써 일주일의 마지막 일요일이 다가왔다. 하루가 너무 짧다고 느껴지는 요즘이다. 오늘의 계획은 잠복이다. 드라마에서나 영화에서만 보던 형사들이 쓰는 단어를 내가 쓰게 될 줄이야. 내가 생각해도 나와 어울리지 않는 그 거창한 단어 때문에 슬며시 웃음이 지어졌다. 어젯밤, 나는 내가 잠복해야 할 장소를 미리 정해 놨다. 그리고 필요할 준비물들을 가방에 미리 챙겨 놓으며 내일 범인의 얼굴을 본다는 사실에 설레는 마음을 꾹꾹 참으며 잠이 들었다. 그리고 오늘, 제법 추워진 쌀쌀한 날씨에 두꺼운 후드 티 밖에 얇은 외투를 하나 더 껴입었다. 그 다음 뚱뚱해진 가방을 메고선 아침 일찍 집을 나섰다. 어제와는 확연히 다른 추위에 몸을 떨며 미리 정해놓은 잠복 장소로 향했다. 잠복 장소는 공사장 옆 공용주차장 쪽에 나 있는 작은 골목길이었다. 그곳은 사람도 잘 다니지 않고 공사장 안 통조림이 놓여 있는 장소가 바로 앞에서 보이는 곳이었다. 하지만 정작 범인은 숨겨진 나의 머리카락 하나도 볼 수 없는 장소이다. 정말 잠복하기에 딱 알맞은 장소였다. 나는 작은 골목에 들어서서 무거운 가방을 내려놓고 그 자리에 그대로 주저앉았다. 이러고 몇 시간을 더 있어야 범인이 나타날까?

11
혼란

통조림을 놔둔 사람이 나타나기만을 기다린 지 벌써 6시간이 지나갔다. 해는 중천에 뜬 지 이미 오래고 흥미진진한 잠복을 기대했던 나는 기대만큼의 성취를 얻지 못해서 바람 빠진 풍선마냥 흐물흐물해져 있었다. 6시간이 다 지나도 공사장 가까이 다가오는 사람은 단 한 명도 없었다. '포기하고 집에 들어갈까' 라는 생각까지 들 때쯤 누군가가 검은 비닐봉지를 들고 공사장 쪽으로 '터벅터벅' 걸어 들어왔다. 순한 강아지처럼 생긴 얼굴에 새하얀 피부, 이런 공사장과는 어울리지 않는 깔끔한 옷을 입은 초등 5~6학년쯤 되는 체격을 가지고 있는 남자 아이였다. 왜소한 체격에 잔뜩 겁에 질려 불안한 눈빛을 담으며 주위를 둘러보다가 들고 있는 검은 비닐봉지에서 무언가를 꺼냈다. 남자 아이의 조심스러운 행동에 나도 따라 조용히 숨을 죽이며 아이의 행동을 쫓았다. 비닐봉지에서 나온 건 다름 아닌 고양이 통조림이었다. 그것을 본 순간 숨바꼭질 할 때 숨은 아이처럼 심장이 쿵쿵 거리고 온 몸에 찾아온 긴장감이 숨을 내쉴 때마다 토하듯 내뱉어졌다. 남자 아이는 통조림을 뜯으려고 있는 힘껏 힘을 주더니 뚜껑을 열고 고양이가 죽은 그 지점에 통조림의 내용물을 쏟아 부었다. 그러고도 남자아이는 한참을 그 자리에 앉아 있었다. 정작 내가 찾고 있던 사람이 내 눈앞에 보이니 뭘 어떻게 해야 할지를 모르겠다. 그렇다고 지금 당장 경찰에 신고할 수 있는 일도 아니고 내가 저 아이를 때려잡아 주인아저씨에게 데려갈 수 있는 일도 아니었다. 그러고 보니 나는 통조림을 놔둔 사람을 찾으면 어떻게 할 것인가에 대해 한 번도 생각하지 못 했다. 우물쭈물 하고 있는 사이 남자아이는 일어서더니 몸을 돌려 공사장을 빠져 나가려고 하자 내 마음은 더욱더 다급해졌다. '저 아이를 잡아야 하나?' 아니 그러다가 도망쳐서 영영 나타나지 않으면 어떻게 해. 그렇다고 지금 저 아이를 잡지 않으면 내가 이날을 위해 고생 한 게 너무 아까웠다. 그리고 나는 떨리는 발걸음으로 천천히 남자 아이에게 다가섰다. 뒤에서 발소리가 들렸는지 나를 돌아본 아이는 화들짝 놀란 표정을 짓고 있었다. 그런 아이에게 다가가면 다가갈수록 아이는 떨리는 눈동자와 사색된 표정이 얼굴에 그대로 드러났다.

그러더니 아이는 재빠르게 공사장의 반대 쪽으로 뛰어나갔다. 내가 잡을 틈도 없이 빠른 속도로 골목길에서 빠져 나간 아이의 뒷모습을 가만히 쳐다만 보고 있었다. 너무 순식간에 일어난 일에 대한 혼란스러움이 머리를 아프게 했다. 이 사건의 강력한 용의자라기엔 그저 한없이 순수해 보이는 평범한 초등학생이었다. 그 뒤 모든 것이 뒤죽박죽 어지럽혀 더러워진 기분이었다.

12
발견

집으로 돌아와서도 앉으나 서나, 밥을 먹으나 양치질을 하나 내 머릿속은 온통 그 남자아이의 생각으로 뒤덮여 있었다. 주인아저씨가 통조림을 놔둔 게 아니라 다른 사람이 놓아둔 것이라면 그 어떤 누구라도 범인으로 의심받을 만한 충분한 소지가 있다. 그렇다면 그 작은 남자아이가 정말 고양이를 죽인 것이라는 말인가?

사건 수사 과정은 다시 원점으로 돌아왔고 사건의 조명은 뜬금없이 나타난 초등학생 남자아이에게 집중적으로 쏟아졌다. 거의 범인에 가까운 유력한 용의자를 찾았으니 이제 더욱더 확실한 용의자의 자백이 필요하다. 자백을 받아내려면 그 아이를 마주쳐야 하는데. 공사장에는 다시 올 것 같진 않고 얼굴만 대충 알고 초등학교를 다닐 것이라는 추정 빼고는 이름, 나이, 그리고 어디 학교에 다니는지 아무것도 알 수 없었다. 그 아이를 어떻게 찾아야 하는지의 고민은 일주일 동안 계속 되었다. 역시나 아이는 그 뒤로 한 번도 공사장에서 볼 수 없었다. 그리고 한참 '남자아이 찾기'에 열을 올릴 때쯤 정말 허무한 곳에서 그 아이를 볼 수 있었다. 그 아이를 보게 된 곳은 우리 중학교와 조금 떨어져 있는 초등학교 앞 문방구에서였다. 처음에는 그냥 무심코 쳐다보고 지나치려 했는데 낯익은 뒷모습에 가려는 발걸음을 멈췄다. 분명히 그 남자 아이다. 체격도 머리 모양도 그 아이를 연상케 했다. 또 그 아이에게 무작정 다가가면 달아나버릴 것 같아 조심스럽게 자리를 옮겨 뒤에 있는 벤치에 앉아 아이를 지켜보았다. 초등학교라면 마치고도 한참 남을 시간이라서 그런지 학교 앞은 한산하고 조용했다. 아이는 혼자서 문방구 게임기 앞에 쪼그려 앉아 조그만 화면에 얼굴을 들이밀며 한참 게임에 열중하고 있었다. 아이에게 어떻게 다가가야 도망가지 않을까를 고민하던 중 아이는 게임이 끝났는지 엉덩이를 털고 일어나더니 문방구를 지나쳐 횡단보도 쪽으로 걸어 나갔다.

'어…… 저대로 가면 안 되는데.'

도대체 어떤 말로 아이를 불러 세워야할지 모르겠다. 일단은 아이의 뒤를 따라가기로 하고 조용히 일어섰다.

13
자백

아이는 횡단보도를 건너 큰길을 따라 아파트 단지에 들어섰다. 그 짧은 거리를 따라가는 데까지 얼마나 많은 고민을 했는지 모른다. 해는 어느새 많이 기울어져 옅은 밤이 내려앉았다. 아이는 아파트 단지 내에 있는 놀이

터에 들어서더니 그네에 앉아 왠지 모르게 축 처져 보이는 어깨를 기대 앞 뒤로 발을 움직였다. 그 모습이 외로워 보이는 건 왜일까. 이제는 저 아이에 게 다가갈 때라는 느낌이 강하게 내 등을 쳤다. 멀찍이서 아이를 지켜보던 나는 그네에 앉아 있는 아이에게 떠밀리듯 다가갔다. 바닥만을 쳐다보고 있 던 아이는 자기 앞에 그림자가 생기자 천천히 고개를 들었다. 아이와 눈을 마주쳤다. 자기를 똑바로 쳐다보는 나의 모습이 아이에게 어떻게 보여졌을 진 모르지만 적어도 좋게 보이진 않았을 것이다. 나를 보자마자 공사장에서 의 내 얼굴을 기억했는지 하얀 미간에 주름을 잔뜩 접고선 예전에 그 겁에 질린 순수한 눈빛은 어디가고 어디 해보라면 해보라는 듯 대담한 눈빛으로 날 올려다봤다. 그런 아이의 눈빛에 긴장한 내 모습이 들킬까 싶어 최대한 엄하고 무서운 표정으로 얼굴을 포장했다.

나는 떨어지지 않는 입을 겨우 달싹여 아이에게 말했다.

"너지?"

"뭐가요?"

반항적으로 대답하는 남자아이의 목소리에 침을 꿀꺽 삼키고 다시 말했다.

"고양이 죽인 거 너잖아."

나의 물음에 아이는 더욱더 반항적으로 말했다.

"내가 죽였다는 증거 있어요?"

"증거? 너 혹시 공사장 바로 앞에 있는 파란지붕 슈퍼마켓 아니? 거기가 우리 가게인데 한 달 전에 가게에 도둑이 들어서 가게 앞에 CCTV를 달았 어. 근데 카메라가 가게 앞 그리고 거리를 찍어야 돼서 의도치 않게 공사장 앞쪽이 찍혀지거든, 그리고 한 달마다 CCTV 녹화 테이프가 우리 가게로 오는데……."

아이는 아까 당당했던 그 모습은 어디가고 애처로울 정도로 불안한 눈동 자가 놔둘 시선을 못 찾은 채 방황하고 있었다. 촉촉해진 눈망울은 금방이 라도 눈물을 쏟을 것만 같았다.

"네……."

"계속 얘기해? 네가 죽인 거 맞잖아."

내가 거짓말에 이렇게 소질이 있을 줄은 몰랐다. 공사장 앞에 파란지붕 슈퍼마켓이 있는 건 맞지만 우리 가게도 아닐 뿐 더러 CCTV 녹화 테이프도 거짓말이었다. 그냥 방금 내뱉은 말 족족 모두 거짓말이었다. 증거를 대보라는 아이에게 말해줄 정확한 증거도 없었고, 차라리 거짓말로 몰아세워 아이가 스스로 말하게 만들자는 생각에 모두 지어낸 말들이었다.

결국 아이는 곧 눈에 눈물이 넘실넘실 차오르더니 이내 눈물을 한 방울씩 툭－툭－ 떨어트렸다.

추위에 얼어 빨개진 손으로 그네에 매달린 줄을 꼭 붙잡고 있는 아이의 손은 무척 위태로워 보였다. 그리고 우리는 한동안 서로 그 누구도 입을 열지 않았다.

몇 분이 지났을까.

"제가 고양이 죽였어요."

이미 예상하고 있던 사실이라 별로 놀랍진 않았지만 아이의 자백을 들었으니 이제 이 아이가 고양이를 죽인 범인이라는 것은 확실해졌다. 아이는 또 눈물이 나오려는지 얼굴에 오만상을 다 써가며 힘겹게 말을 이어갔다.

"원래는 죽일 생각까지는 아니었어요. 정말이에요."

"그럼 죽일 생각이 아니었다면 무슨 생각이었다는 소리야?!"

아이의 대답에 순간적인 분노로 언성이 높아졌다.

"그냥 겁만 줄 생각이었어요. 믿어주세요."

"……."

그러더니 아이는 답답하다는 듯 크게 한숨을 쉬고 입을 열었다.

"저희 부모님은 맞벌이세요. 그래서 저랑 대화할 시간이 별로 없어요. 어쩔 땐 일주일 동안이나 같은 집을 오가면서도 엄마 아빠얼굴을 못 본 적도 있어요."

갑자기 시작된 남자아이 부모님 얘기에 당황스러워 중간에 말을 끊으려 입을 뗐지만 작은 어깨를 잔뜩 말아 넣은 채 고개를 푹 숙인 아이의 모습이 어딘가 안쓰러워 다시 귀를 기울였다.

"그래도 부모님이 쉬는 날인 주말이 오기만을 기대했는데 엄마 아빠는 힘들다며 제 얘기 한번 들어주시지 않고 하루 종일 주무시기만 해요. 항상 '우리 아들은 잘 하니깐 걱정하지 않는다.'라는 말로 부담만 잔뜩 주고선 내가 얼마나 힘든지 또 학교를 얼마나 괴롭게 다니는지 신경도 안 쓰시면서. 뭐…… 그런 부모님보다도 더 괴로운 건 학교예요. 언제, 어디서부터 잘못된 건지 정신을 차렸을 땐 전 학교에서 왕따가 되어 있었어요. 뒤에서 욕하고 은근슬쩍 툭 치고 지나가고 하지 말란 나의 말은 당연하다는 듯 모두 무시당했어요."

"힘들었겠다."

"네. '아…… 정말 견디기 힘들다'라고 생각할 때 쯤 공사장 앞에서 그 고양이를 만났어요. 새하얀 털, 잘린 꼬리는 제 시선을 끌기에 충분했어요. 그때까지만 해도 그냥 한번 쳐다보고 지나가려 했는데 그 고양이가 저를 졸졸 따라오면서 제 발 밑에서 강아지마냥 배를 까고 애교를 부리더라고요. 처음엔 그저 귀여운 마음에 한두 번 공사장에서 그 고양이를 만날 때 소시지나 간식 같은 걸 조금씩 떼어서 내줬어요. 그리고 그게 한 번 두 번 쌓이다 보니 아무도 없는 집에는 들어가기 싫고 심심하기도 한 마음에 몇 시간씩 그 공사장에 들어 앉아 고양이랑 놀았어요."

나는 계속 얘기해 보란 듯의 의미로 고개를 끄덕거렸다. 아이는 그네에 달린 줄을 더욱더 꽉 쥐면서 말했다.

"그리고 그날은 더욱더 심해진 반 애들의 괴롭힘에 많이 예민해져 있었어요. 그날도 당연히 공사장에 들러 그 고양이를 데리고 놀았는데 문득 짧은 꼬리가 궁금해져서 한번 툭 쳐보니깐 고양이가 자신의 약점을 들킨 듯 '그르렁' 소리를 내면서 제 손을 피하는 거예요. 근데 그런 고양이의 반응이 너무 재미있어서⋯⋯ 그래서 하면 안 된다는 것을 알면서도 계속 괴롭혔어요. 항상 당하던 입장에서 괴롭히는 입장이 되니깐 재미있기도 했고 또 날 괴롭히던 아이들의 생각에 화가 나기도 하는 그런 못된 마음에 계속 고양이를 괴롭혔는데 그러다 고양이도 화가 났는지 발톱을 세우고 제 손등을 확 그었어요. 꽤 깊이 상처가 나서 피가 고이기 시작했는데 그렇게 흐르기 시작한 빨간 피를 가만히 보자니 이때까지 견뎌왔던 울분이 터져서⋯⋯ 그만. 그리고. 그리고⋯⋯."

14
용서

그리고⋯⋯.

아이는 얼굴을 무릎에 파묻고선 더 이상 말을 잇지 못했다. 보는 사람이 눈물이 날 정도로 '끅끅' 거리며 서럽게 오열하기 시작했다. 고양이를 죽인 그 뒤로 이 작은 아이가 얼마나 괴로운 죄책감 속에 파묻혀 살았는지 알 수 있었다. 하지만 그렇다 해도 아이의 잘못이 없어지는 것은 아니다. 그렇기에 옆에 있던 내가 해줄 수 있는 위로의 말도 행동도 아무것도 할 수 없었다. 나는 아이의 서러운 눈물이 멈추기만을 기다리고 있었다. 그러고도 아이는 한참을 울었다. 자신의 모든 서러움을 쏟아내듯이 가슴 깊숙이 삼켜뒀던 죄책감을 토해내듯이 그렇게 한참을 울었다.

"미안해요. 정말 미안해요."

눈물범벅이 된 얼굴로 아이는 나에게 사과의 말을 전했다. 그런 아이를 보고 나는 살짝 미소를 지어주며 대답했다.

"아니, 나한테 사과 안 해도 돼. 네가 정말 사과해야 될 사람은 따로 있어."

어떤 사연이든 생명을 죽인 죄는 용서할 수 없는 법이다. 하지만 이 아이를 그런 극한의 상황까지 몰아간 모든 것들도 용서할 수 없었다.

15
변화, 시작

그 밤, 우리는 늦게까지 놀이터에 앉아 깊은 얘기를 나누었다. 아이의 이름은 '김준서' 나이는 13살 외동아들이었다. 준서는 내일 주인아저씨를 찾아가 진심을 담아 사과하고 그 어떤 벌도 달게 받기로 나와 약속했다. 그리고 매주 주말마다 만나 준서의 얘기를 들어주고 도와주기로도 약속했다. 준서와 헤어지고 집으로 돌아가는 길의 바람은 유난히도 가볍고 상쾌한 새바람이었다.

주인아저씨는 준서를 쉽게 용서하지 않으셨다. 준서를 쉽게 용서하지 않는 것은 당연한 얘기였다. 하지만 준서도 마찬가지로 그럴수록 더 깊이 반성하고 무슨 벌이든 달게 받아들여야 했다.

"누나 저 왔어요. 아까 오다가 학원친구를 만났는데……."

오늘은 토요일.

준서와 벌써 세 번째 만남이다. 쌀쌀했던 가을은 가고 이제 두꺼운 외투 없이는 못 견딜 정도로 매서운 바람이 쌩쌩 부는 겨울이 다가왔다. 토요일의 세 번째 만남 동안 준서는 많이 변해 있었다. 물론 학교생활이나 부모님과의 관계는 아무것도 나아진 것이 없지만 그래도 준서의 소심하고 어두웠던 성격이 조금씩 밝아지고 있는 것이 눈에 보이기 시작했다. 첫 번째 만남때. 그날 밤 조금 친해졌다 생각했던 준서는 당황스러울 정도로 내게 낯을 가렸다. 아무 말 없이 핸드폰에만 집중하며 내가 무슨 질문을 해도 네, 아니오, 모르겠어요. 밖에 대답을 안 하던 녀석이 세 번째 만남 만에 내가 물어보지 않아도 먼저 얘기하고 질문하면서 대화를 이끌어갔다. 요새는 학교에서 멀리 떨어진 학원을 다니기 시작해서 새로운 친구들을 만나기 시작했다며 좋아했다. 그런 준서의 모습에 다음 주에는 또 얼마나 나아진 모습으로 날 찾아올까라는 앞선 기대감이 나를 반겼다. 생각해 보면 준서와 만남을 통해 준서 뿐만 아니라 나에게도 조금씩 변화가 생기기 시작했다. 언제부터였는지 더없이도 지루했던 나의 회색 하루에 조금씩 색깔이 칠해져 그 위에 새로운 것들이 얹어지기 시작했다. 예전에는 안 보이던 것들이 보이기 시작하며 새롭게 다가오고 취미를 만들어 나가기도 했다. 지금 나에게는 모든 것들이 다 새로운 시작으로 느껴졌다. 이 모든 것들이 준서와의 만남을 통해서였다. 옆에서 끊임없이 재잘거리는 준서의 입에서 나오는 입김을 보았다. 어서 이 추운 겨울이 지나고 차츰 눈덩어리들이 녹아 정리가 되어 그 위에 싱그러운 새싹들이 가득할 봄이 오길.

그리고

"어? 여기 공사 다 끝나가네?"

준서의 목소리를 따라 시선을 돌렸다. 3주 전만 해도 시멘트 바닥만 있던, 전혀 건물이라고 보기엔 어려웠던, 그 공사장이 맞는가 싶을 정도로 어느새 모양이 다 갖춰가고 있었다.

"그러게. 이제 다 끝나가네."

나의 대답에 준서는 고개를 끄덕이며 다시 입을 열었다.

"언제 이렇게 변했지? 완전 방치된 곳인 줄 알았는데."

나는 준서의 말에 대답 대신 고개를 끄덕이며 높아진 건물을 천천히 올려다봤다.

그리고 천천히 나를 내려다보았다.

작가의 말

반복되는 일상의 굴레 속에서 지칠 대로 지친 여중생에게 찾아온 잔인한 고양이 살인 사건. 그 실마리를 풀며 만난 언어장애를 가진 고양이 가게 주인 아저씨와 극한상황에 내몰려져 고양이를 죽음까지 이르게 한 초등학생 준수와의 만남. 그 과정을 통해 자신도 모르게 성장한 여중생의 이야기를 담은 책이다.

2016년 현재 고등학생 기준에서 2년 천 중학생이었던 나의 글은 마치 그때 나의 성장일기를 적은 느낌이다. 고자골목의 여중생은 그쯤의 나와 똑 닮았다. 여중생의 성장에 필요했던 자신의 미래에 대한 질문, 굴레 같던 일상을 벗어나게 해준 자극적인 사건, 새로운 만남. 어쩌면 이것들은 나뿐만 아니라 내 또래 아이들의 성장 시기에 빼놓지 않고 고민해 보고 생각해 봤던 것이 아닐까 싶다. 물론 그때는 내가 고자골목 주인공에 녹아 있을 줄 생각도 못했지만 2년이 지난 지금 한층 더 올라서 바라보니 조금은 알게 됐다. 처음 써 본 글이라 몇 번의 수정도 거치고 몇 번이고 뒤엎기도 했지만 아직도 많이 부족해 보인다.

한창 성장통을 겪던 혹은 겪게 될 그때를 떠올리며 읽었으면 한다.

주인공의 성장이야기 어쩌면 우리의 성장일기, 고자골목

촌구석

이도하

1

아직 봄이 완연히 다가오지 않은 겨울의 끄트머리 어딘가쯤의 날이었다. 시린 겨울바람이 옷으로 꽁꽁 싸맨 등판을 매섭게 몰아쳐 두꺼운 패딩 위에 담요를 하나 더 둘렀다. 대형 이삿짐 차가 부릉거리는 시동 소리를 내더니 좁은 골목길을 빠져나간다.

엄마가 마지막 짐을 들고 나와 집 열쇠를 흔들며 나와 동생을 불러냈다.

"이제 마지막일 텐데, 집 둘러볼래?"

그런 엄마의 말에 동생과 나는 고개를 끄덕이고 대문에 들어섰다.

가구 하나 남김없이 텅 빈 집 안, 거실 창문이 이렇게 낡았었나. 가구에 가려 보이지 않았던가 하며 창문 틀을 쓸어내렸다.

이 집에서 6번의 봄을 보냈고 겨울을 보냈다. 초등학교에 갓 입학한 동생이 이제 중학교를 입학할 나이로 성장한 긴 시간 동안을 모두 이 집에서 보냈다.

정든 집을 마지막으로 둘러보며 주방 옆 작은 내 방에 들어섰다. 방에 들어서자마자 보이는 문 옆의 연두색의 벽지, 그곳에 그어놨던 나와 동생의 어렸을 적 키 성장표. 나보다 한참 작았던 동생의 키가 나와 비슷해지는 그 순간까지 모두 남아 있었다. 그곳의 벽을 쓸어내렸다. 이제 이 집에 이사 올 다른 사람이 이 벽을 쓸어내릴 때가 오겠지. 새삼 드는 뭉클한 기분에 쓸어내리던 손을 멈췄다.

5번의 이사, 그들 중 이 집은 나에게 너무나도 특별한 집이었다. 나의 초등학교 졸업, 중학교 입학 또 졸업, 새 가족의 탄생, 소중한 인연 그리고 세상에서 제일 행복했던 크리스마스의 날까지 모두 이 집에서 일어난 일들이었으니까.

새록새록 떠오르는 추억들을 되짚어보고 있을 때 이제 가자는 엄마의 부름에 그 추억들을 잠시 접어놓고 방문턱을 나섰다. 나오면서 집 앞 작은 마당을 둘러보다 이사 왔을 때부터 있었던 감나무도 훑어보다 대문 밖 풍경도 다시 살펴보고 이 모든 게 마지막이라는 것이 아쉬워 발걸음이 쉽게 떨어지지 않았다. 또다시 들려오는 엄마의 재촉에 어쩔 수 없는 걸음을 옮겨 대문을 나섰다.

집 밖을 나오자 그곳에는 마을 어른들과 몇 안 되는 이웃들이 모두 모여 이사 가서도 잘 지내라며 우리에게 따뜻한 인사를 건네고 있었다. 어디 이런 마을이 흔한가. 전부 나에게 하나같이 모두 소중한 인연들이었다. 모두에게 인사를 하고 정말 마지막이라는 것이 느껴지니 눈물이 찔끔 나와 꼭 울음을 터트릴 것만 같았다.

그런 나를 보던 옆집 할머니가 요구르트 한 줄과 빨대 두 개, 그리고 털 장갑을 내 손에 꼭 쥐여주더니 요구르트는 차 타고 가면서 동생이랑 나눠먹으라며 말씀하셨다. 이내 할머니는 미안한 표정을 짓고는 다시 나에게 말을 건네셨다.

"수진이는 인사하러 나가자 해도 잔다고 안 나간다네. 죽어도 너랑 안 떨어지려던 애가 무슨 일인지."

할머니의 말에 나는 예상했다는 듯 고개를 끄덕이고 괜찮다며 감사하다고 인사를 했다.

계속되는 마지막 인사에 시간이 예상 출발 시간보다 훨씬 늦어지자 엄마는 곤란하다는 듯 미소를 지으며 계속 손목시계를 확인했다. 곤란한 엄마를 눈치챘는지 마을에서 가장 어르신인 책방 할아버지가 어여 올라가라는 호통과 함께 이웃들의 웃음으로 모든 인사는 끝이 났다.

이웃들에게 받은 선물을 한아름 들고 비틀비틀 걸어오는 엄마를 기다리는 동안 차창 너머로 우리 집과 붙어 있는 파란 지붕의 대문을 쳐다봤다. 엄마는 차 뒤 트렁크를 열어, 안 그래도 넘쳐나는 짐 덩어리에 선물까지 얹어 터지려는 트렁크 문을 간신히 닫고선 뿌듯한 표정으로 운전석에 탔다.

"근데 너 수진이 안 보고 가도 되니? 마지막 인사는 했지?"

엄마의 물음에 대답 없이 다시 수진이가 사는 파란 지붕의 옆집을 바라봤다.

"몰라, 했는지 안 했는지."

나의 대답이 이상했는지 엄마는 그게 무슨 말이냐며 어이없는 헛웃음을 짓고 차에 시동을 걸었다. 좁은 골목을 벗어나 내가 다니던 학교를 지나 우리 마을에서 그나마 놀이터라고 불리던 공터를 지나 울퉁불퉁한 돌길을 한참을 지나서야 서울 쪽으로 가는 고속도로를 탔다. 차창 너머로 우리 마을이 보이지 않을 때까지 나는 창문에서 눈을 떼지 않았다.

엄마는 드디어 이 촌동네와 낡은 집을 벗어난다라며 씁쓸한 미소를 지었지만 마음에 있지도 않는 말이라는 걸 나는 잘 알았다. 그래도 난 벌써 보고 싶고 서운해 죽겠는데 빈말이라도 그런 말 하지 말지.

아직도 잊혀 지지 않는다.

처음 그 마을, 그 집에 이사 왔을 때.

2

새로운 집이 생긴다는 사실이 기뻐 차창에 얼굴을 내밀고 신나게 노래를 불렀다. 엄마는 위험하다며 얼굴 집어넣으라고 소리를 질렀지만 나와 동생은 꿈쩍도 않고 계속 노래를 이어 불렀다.

'드드득' 거리며 차가 울리는 돌길을 지나자 동생은 배가 간지럽다고 깔

깔대며 넘어가고, 난 또 그 모습이 웃겨 넘어가고, 엄마는 시끄럽다고 소리를 빽 질렀다.

서울에서 내려올 때부터 엄마의 기분은 별로 좋지 않았다.

"어유, 촌구석이라서 그런지 도로포장도 안 돼 있네."

엄마가 기분이 안 좋았던 이유는 그놈의 촌! 촌! 촌구석! 때문이었다.

서울에서 깍쟁이처럼 살던 우리가 이곳 촌구석으로 이사 결정이 났을 때부터 엄마의 촌 타령은 멈추지 않았다. 저 촌 타령의 시초는 석 달 전 아빠가 외국 지사로의 발령으로부터 시작했다.

물론 좋은 일이었지만 회사의 지원으로 얻은 우리 아파트는 아빠가 외국으로 발령이 확정된 순간부터 바로 퇴거하라는 명령이 내려왔다. 그러다 무슨 연유인지 아빠가 갑자기 돌아가신 친할머니가 살던 촌집에 가서 살자는 이상한 소리를 해대더니 그때부터 엄마는 결사반대를 외치며 단식 투쟁까지 했다. 결국 끈질긴 아빠의 승리로 끝이 났지만 말이다.

나와 동생은 엄마와는 반대로 촌집에 내려가 산다는 소리를 듣자마자 환호성을 질렀다. 조금만 뛰어도 밑층 아저씨가 올라와 소리를 지르는 아파트보다는 아무리 뛰고 굴러도 아무도 신경 쓰지 않는 촌집이 훨씬 좋았다. 또 작은 마당이 있어 우리가 그토록 바라던 강아지도 기를 수 있었기 때문이다.

엄마는 항상 그런 이유를 대며 신나하는 나를 보며 이해할 수 없다는 듯이 쓴소리를 한마디씩 던졌다. 내 입장에서 엄마를 이해할 수 없었다. 촌집으로 이사를 가게 돼서 일도 쉬고 집에서 팽팽 놀 수 있는 기회인데 왜 저렇게 싫어하는지.

돌길을 지나자 보이는 모래 운동장과 작은 학교에 또 동생과 나는 차 안에서 방방 뛰었다. 서울에서 다니던 초등학교는 인공잔디가 다 깔려 모래밭은 찾아볼 수 없었다. 아파트 놀이터에서도 바닥은 전부 푹신한 매트가 깔려 있어 모래에서 놀려면 모래 체험센터를 찾아가야만 했다. 그것마저도 옷에 모래 묻는다며 아주 가끔 데려가는 엄마 탓에 모래에서 노는 날은 아주 특별한 날이었다. 그런데 학교 운동장이 모래 천지라니 나와 동생이 신날 수밖에 없었다.

"우와! 엄마 운동장이 모래 천지야!"

들뜬 목소리로 신나게 말하는 동생을 보더니 창밖을 보고 엄마는 인상을 잔뜩 찡그렸다. 그러더니 크게 한숨을 쉬며 말했다.

"민준아, 저 모래가 얼마나 더러운지 알아? 길에 돌아다니는 고양이 똥이며 강아지 똥이며 다 모여 있는 데가 저런 데야. 여기서 학교 다니면 저런 모래밭에서 놀지 말고 곧장 집으로 와야 돼. 아니면 혼날 줄 알아. 알았지? 하여튼 마음에 드는 구석이 없어, 이 촌구석은."

또 촌구석!

오늘 잠들기 직전까지 엄마 입에서 촌구석이라는 단어가 얼마나 나오는지 세어봐야겠다.

학교를 지나 어느 좁은 골목길 가에 차를 세우고 엄마는 우리 보고 내리라는 말 한마디만 남기고 문을 쾅 닫았다. 차 안에서 그리던 스케치북과 46색 크레파스를 한 손에 들고 차에서 내려 동생이 내릴 때까지 기다렸다. 우리는 기다리지도 않고 저만치 걸어가는 엄마의 뒷모습을 보며 나는 입술을 삐죽이며 한마디 했다.

"우리 좀 기다려 주지."

3

할머니가 돌아가시고 4년 만에 찾은 촌집이었다.

기와지붕, 흙 마당, 할머니의 모자가 걸린 넓은 평상, 낡은 아궁이 모든 것이 내 기억 속 그대로였다.

엄마는 우리에게 각자 방에 짐을 풀라며 무거운 짐 가방 하나만 던져주고 안방에 들어갔다.

가방에서 옷가지나 학용품 등을 꺼내 내 방으로 들어갔다. 연두색 벽지, 갈색 바닥, 책상 침대 옷장 등이 놓인 방 구조, 모두 예전 집 내 방 모습 그대로였다. 아무리 좋은 곳이라도 환경이 달라지면 불안해 하고 예민할 정도로 몸에 병이 생기는 '나'이기 때문에 엄마가 나름대로 배려해준 것 같아 기분이 좋았다.

신나서 신발도 안 벗고 집안에 들어가 이 방 저 방 뛰어다니는 동생을 말리고 신발을 벗겼다. 신발을 벗기자마자 또 기다렸다는 듯이 맨발로 집안을 마구 누비는 동생을 보고 다시 짐 가방이 있는 곳으로 발걸음을 옮겼다.

내 방 정리도 끝났고 집 구경하느라 정신없는 동생의 짐 정리까지 모두 끝냈다. 다했다고 얘기하기 위해 방에 있을 엄마를 찾아갔다.

안방 문을 열자 당연히 있을 줄 알았던 엄마는 없고, 엄마 침대 위에서 곤히 자고 있는 웬 길고양이만 있었다. 이게 무슨 상황이지 싶어 안방을 다시 둘러보니 안방 큰 창문이 열려 있는 게 저기서 들어왔나 보다. 곤히 자고 있는 길고양이 앞에 가만히 고개를 내밀어 고양이를 자세히 살펴봤다. 누런색 털, 길고양이라 그런지 때 탄 얼굴, 입가 옆쪽에 나 있는 상처를 보니 왠지 사나울 것 같아 무서워서 엄마를 찾아 나섰다.

마당 귀퉁이 한편에 있는 큰 나무를 보고 중얼거리는 엄마를 발견하고 옆에 다가섰다.

"엄마! 엄마 방에 고양……."

"민영아. 이게 무슨 나무였지?"

엄마의 물음에 나의 말은 중간에 끊겼다.

초봄이라 그런지 잎 하나 없이 아무렇게나 넓게 뻗은 앙상한 가지들 또 그 밑, 나무라 믿기 힘든 어중간하게 얇은 줄기 대, 나무 특유의 커다란 위압감은 하나도 찾아 볼 수 없는 볼품없는 나무였다.

"몰라, 무슨 나무가 이래?"

엄마는 나의 말에 대꾸 없이 다른 말을 했다.

"너무 오랜만에 와서 기억이 안 난다. 무슨 과일이 열렸던 나무였던 것 같은데."

엄마의 말이 끝나자마자 대문에서 걸걸한 목소리가 들렸다.

"그거 감나무여."

오래된 것 같은 빵 모자를 쓰시고 꽤나 신사적인 옷차림에 지팡이를 드신 할아버지가 대문 앞에 서 있었다.

"아줌마가 이 집 며느리인가 보시오?"

엄마를 칭하는 아줌마라는 말에 나도 모르게 픽—하고 웃음이 나왔다.

엄마도 뜨끔했는지 킥킥대며 웃는 나를 툭 쳤다.

"아가는 이 집 손녀딸인가?"

나에게 묻는 할아버지 말씀에 나는 얼른 허리를 숙여 인사했다.

"네, 안녕하세요."

할아버지는 헛기침을 하고 다시 엄마에게 고개를 돌렸다.

"집 정리는 다 끝났나?"

엄마는 고개를 끄덕이며 거의 다 끝났다고 대답했다.

엄마의 대답을 듣고는 다시 헛기침을 하신 할아버지는 느린 걸음으로 골목길 어딘가쯤에서 사라지셨다. 엄마는 할아버지가 눈에서 사라지자마자 바로 내 등을 밀치고 기가 찬다는 듯 바람 빠지는 소리를 냈다.

"나보고 아줌마라니, 내가 어딜 봐서 아줌마로 보여?"

그런 엄마를 보고 나는 한마디 했다.

"그럼 애 둘 딸린 아줌마를 아줌마라고 하지 아가씨라고 해?"

얄밉게 말하며 웃는 나를 보더니 엄마는 집으로 들어가라고 소리를 질렀다.

마루 위를 올라가다 아까 말 못 했던 고양이가 갑자기 떠올랐다. 다시 마루에서 내려와 구시렁거리며 마당을 쓰는 엄마를 쳐다봤다.

"아! 엄마 침대 위에 무슨 고양이가 누워서 자고 있던데?"

내 말을 듣던 엄마는 안 그래도 큰 눈이 더 커져 그게 무슨 말이냐며 나를 밀치고 방으로 달려갔다. 달려가는 엄마를 쳐다보는 동생이 초롱초롱한 눈으로 나에게 '고양이?' 하며 물어왔다. 나는 그 물음에 고개를 끄덕였다.

그러자 동생은 갖고 놀던 블록을 집어던지고 일어서 오두방정을 다 떨며 엄마 방으로 뛰어갔다.

그리고 얼마 안 지나 엄마의 비명이 들려오자 나는 살짝 웃음소리를 냈다. 나도 천천히 걸음을 옮겨 엄마 방에 들어서니 방 안은 아주 난장판이었다.

엄마는 어디서 구했는지 두꺼운 나무판자를 한 손에 들고 나를 다급히 불러 방문을 닫게 했다.

생각보다 큰 덩치인 고양이는 씩씩거리며 나무판자를 이리저리 휘두르는 엄마와 달리 옷장 꼭대기에 올라서 자신의 앞발을 태연히 핥고 있었다.

동생과 나는 문 옆에 딱 붙어 엄마와 고양이를 지켜보고 있었다. 그러다 엄마가 나무판자로 고양이 엉덩이 부분을 툭 치자 고양이가 내 얼굴 쪽으로 높게 날았다. 갑작스런 상황에 난 아무것도 못하고 눈만 질끈 감아 고개를 숙였다. 내 머리 위로 떨어질 거라는 예상과 달리 고양이는 사뿐히 내 발 앞에 내려와 있었다. 기분 좋게 그르렁 소리를 내며 덩치에 맞지 않는 애교를 부리는 고양이를 보고 우리 가족은 가만히 얼어 있었다.

그렇게 고양이를 가만히 살펴보자니 이상하게 배 밑이 축 처진 게 혹시 임신했나 싶어 허리를 구부렸다. 그리고 살짝살짝 보이는 고양이의 배 밑을 봤다. 배 밑에 젖인지 뭔지 붉은 무언가가 퉁퉁 부어올라 있는 걸 보고 깜짝 놀라 엄마를 불렀다.

"엄마 저거 젖 아니야?"

내 말을 들은 엄마는 살금살금 고양이 앞까지 걸어 나와서 나와 똑같은 자세를 취했다.

"어머, 정말이네. 그래 이상하게 배가 불렀다 했다."

엄마는 고양이의 임신 사실을 확인하고 손에 들린 나무판자를 조심스럽게 바닥에 내려놨다.

그런 엄마를 보던 고양이는 야옹 하며 내려놨던 나무판자 위에 냉큼 올라가 자리를 잡았다.

"어쩔 거야. 내쫓을 거야?"라고 묻는 내 말에 동생은 간절한 표정으로 "내쫓을 거야?" 하며 내 뒷말을 따라 했다.

엄마는 우리를 한참 쳐다보더니 어쩔 수 없다는 표정으로 한숨을 쉬었다.

"어떡해, 애도 뱄는데 무정하게 내쫓을 순 없고 저녁 되면 자기가 자기 발로 나가겠지."

잠깐이라도 고양이가 우리 집에 머물 수 있다는 것에 기뻐 동생과 나는 환호성을 질렀다.

신나하는 우리를 보며 엄마는 딱 잘라 한마디를 더 붙였다.

"엄마 말은 키운다는 게 아니야. 고양이가 자기 발로 나갈 때까지만 머물게 해준다는 거지. 그리고 엄마 방은 안 돼. 너희들이 알아서 거실로 옮겨."

동물이란 동물은 끔찍이도 싫어하는 엄마가 잠깐이라도 머물게 해준다는데 그게 어딘가.

나와 동생은 격하게 고개를 끄덕이며 알겠다고 우렁차게 대답했다.

그리고 엄마는 얼굴에 한가득 짜증을 담고 어지럽힌 방을 둘러보며 이걸 또 언제 다 치우냐며 한탄했다. 조금만 더 있으면 엄마의 짜증이 우리에게 불똥이 될 거라 예감하고 조심스럽게 고양이를 거실로 유도했다. 우리의 이런 마음을 어떻게 알았는지 우리를 잘도 따라 거실로 나오는 고양이가 사랑스러웠다.

4

"휴게소 들를래?"

내비게이션에 앞으로 5km 후 휴게소가 있다는 알림이 뜨자 엄마는 나에게 물어봤다. 아침부터 정신없이 바빠 빈 속으로 출발한 나는 휴게소에서 뭐라도 먹고 싶어 고개를 끄덕였다.

주말이라 그런지 고속도로는 차가 꽉꽉 막혀 있었다. 그래서 그런지 길어도 차로 10분이면 갈 짧은 5km 거리를 30분 동안 달린 것 같았다.

꼬르륵거리는 배를 붙잡고 겨우 휴게소에 도착한 우리는 식당으로 빠르게 걸음을 옮겼다. 내가 시킨 돌솥비빔밥을 그릇까지 싹싹 긁어 먹고 동생이 시킨 우동도 조금 뺏어 먹고 나서야 배가 불렀다.

아직 식사를 다 못 끝낸 동생과 엄마를 기다리면서 핸드폰을 꺼내려 했지만 배터리가 얼마 안 남은 것을 확인하고 다시 주머니에 넣었다. 할 것 없이 주변을 둘러보다 괜히 손톱 정리도 하고 시간도 확인하고 그래도 밥을 다 못 먹은 동생과 엄마를 보고선 결국에는 다시 핸드폰을 꺼냈다.

핸드폰을 켜자 바로 뜨는 귀여운 새끼 고양이들 사진에 살짝 미소를 띠었다. 지금은 자기들 엄마처럼 커져버려 이렇게 귀엽진 않지만 나름 복작복작한 게 하는 행동들이 귀여운 구석이 있었다. 자기들끼리만 발톱 세우며 싸울 줄 알지 마을 길고양이들한테 기도 못 펴고 쪼그라드는 순한 녀석들이었다.

잘 지내고 있겠지?

우리가 가도 책방 할아버지가 잘 길러주시겠다고 약속했으니 그나마 안심이다.

5

결국 그 길고양이는 초봄이 지나고 봄이 다 와도, 여름이 지나고 가을이 올 때까지도 집을 나가지 않았다.

그날 저녁에 나갈 거라는 엄마의 예상은 완벽하게 빗나갔다. 그날 하루 종일 동생과 나는 고양이가 집을 나갈까 봐 노심초사하며 엄마 몰래 창문이고 문이고 모두 꼭 잠가 고양이가 나갈 구멍 하나 만들지 않았다. 거실 창문을 긁으며 열어달라고 하는 고양이를 애써 무시했을 때 얼마나 미안했는지.

마당에 있는 감나무가 초록 이파리를 피운 초여름쯤에는 우리와 정을 붙였는지 이제 문을 열고 창문을 열어도 절대 나가지 않았다.

엄마는 싫다는 티를 내면서도 내심 고양이의 배가 점점 불러오는 것을 보고 두근거렸는지 이것저것 많이 챙겨줬다.

한날은 동생과 내가 학교를 다녀왔는데도 엄마가 집에 없길래 고양이랑 놀며 엄마를 기다렸다. 저녁이 돼서야 한 짐을 들고 대문에 들어오는 엄마를 봤다. 이게 다 뭐야라고 물어보니 '초봄이한테 필요한 물건들이야'라고 대답하는 엄마를 보고 고개를 갸우뚱했다.

"초봄이가 누구야?"라고 동생이 물어보자 엄마는 뭘 당연한 걸 물어보냐는 듯이 우리 옆에서 곤히 자고 있는 고양이를 가리켰다.

우리는 언제 이름을 지었냐고 물어보자 엄마는 엄마 마음이라며 어물쩍 넘어갔다. 그 뒤로 그 고양이 이름은 초봄이가 됐다.

그리고 그 가을 평화로웠던 주말 초봄이의 갑작스러운 출산으로 우리 집 안은 정신이 없었다.

엄마는 초봄이의 출산 예정일이 다가오자 출산 중 비상상황이 일어날 경우를 대비해 몇 번이고 대처하는 방법을 연습했다. 그럼에도 불구하고 엄마는 출산일이 다가오자 정신없이 집 안을 마구 휘젓고 다녔다.

그 옆에서 나는 초봄이의 출산 과정을 동영상으로 찍고 동생은 열심히 초봄이를 응원하고 있었다.

그 결과 대략 1시간 진통에 두 마리의 작고 예쁜 초봄이의 새끼를 볼 수 있었다.

그때 얼마나 신기하고 심장이 두근거리던지.

두 마리의 새끼들을 정성스레 핥는 초봄이를 보던 엄마는 갑자기 눈물을 보이며 방으로 들어갔다.

그날 밤, 엄마가 거실에 이불을 깔고 다 같이 자자며 우리를 불러냈다. 우리가 아무리 졸라도 불편하다며 절대 같이 자지 않는 엄마가 웬일인지 우리에게 먼저 제안하는 일은 흔치 않았다.

엄마를 가운데로 나와 동생이 누웠다. 한참이 지났는데도 잠은 오지 않고 눈만 말똥말똥 뜬 채로 어두워서 보이지도 않는 천장만 쳐다보고 있었다.

초봄이의 새끼가 태어나서 그런지 쉽게 잠이 오지 않는 밤이었다.

어둠이 내려온 집 안은 조용했고 방충망 사이로 밤 벌레가 우는 소리만 들려왔다.

6

휴게소를 지나서도 꼬박 4시간을 달려 서울 아파트에 도착했다. 분명 아침 일찍 출발했는데 해가 반쯤 가라앉은 저녁에서야 도착했다.

아파트 주차장에서 내려 가벼운 짐을 옮기다 하늘을 올려봤다. 뿌연 하늘을 찌를 듯한 높은 건물들이 하얀 구름을 드문드문 가리며 뭐가 자랑스러운지 뻣뻣하게 치켜 서 있었다.

풀냄새를 맡으며 맑고 넓게 퍼진 하늘을 볼 수 있었던 촌집이 또 그리워지는 순간이었다.

나는 15층인 우리 집에 도착하자마자 내 방에 들어가 침대에 풀썩 쓰러졌다. 반나절을 좁은 차 안에 갇혀 있어서 그런지 온몸이 다 욱신거렸다. 동생도 나와 똑같았는지 자기 방에 들어가서 침대에 쓰러진 듯했다. 그런 우리를 보고선 엄마는 모두 일어나서 각자 짐 정리하고 누우라며 한마디 했고 엄마 또한 이웃들에게 받은 선물을 정리하고 있었다.

난 지친 몸을 이끌어 짐을 정리를 했다. 옷은 옷장에, 필기도구나 공책은 책상 서랍에, 촌에서 찍었던 사진들은 코르크판에 끼워 넣다. 그렇게 정리를 하는 도중 초등학교 글씨체로 삐뚤삐뚤 교환일기라고 적혀 있는 공책을 발견했다.

수진이를 만나고 초등학교 6학년까지 하루도 빠짐없이 꼬박꼬박 적었던 교환일기였다. 그렇게 찾아도 없더니 짐 가방 안에는 어떻게 들어갔는지.

오랜만에 공책을 펼쳐 들어 훑어보니 말도 안 되는 맞춤법과 내용에 풋하고 웃음이 나왔다. 초등학교 시절이라 그랬는지 별것도 아닌 일에 참 감정 기복이 왔다 갔다 했나 보다.

수진이랑 개울가에서 놀았던 이야기, 비눗방울을 가지고 논 이야기, 서울에서는 어떻게 지냈는지, 모래 운동장의 좋은 점, 엄마 흉보던 이야기, 마을 이웃들 이야기 전부 자세히 기억이 나지 않지만 하나같이 전부 즐거운 이야기들이었다.

어렸을 적엔 꽤나 열심히 써서 긴 내용이었던 것 같은데 지금 보니 전부 다 짤막짤막한 게 별 내용 없이 전부 '놀았다. 재밌었다.' 라고 끝나 금방금방 읽혀 어느새 일기의 중간 부분까지 넘어갔다.

7

학교에 우리 마을 학생은 나와 동생, 그리고 등굣길마다 가끔씩 보이는 머리 짧은 여자아이뿐이었다.

그 머리 짧은 여자아이는 우리 옆집에서 살고 있었다. 처음에는 옆집 대문에서 우리 또래의 여자아이가 나오길래 잘 됐다 싶어 친해지려고 말도 걸고 매번 인사도 했다. 하지만 항상 그럴 때마다 내가 부담스럽다는 듯 대꾸도 없이 휙 지나치는 바람에 매번 내가 무안해지는 입장이었다. 계속 나를 무시하는 그 여자아이도 좋게 보이진 않고 결국엔 나도 포기하고 그 아이를 무시하며 지냈다.

우리 학교 학생 수는 그리 많지 않았다. 그래서 수업을 들을 때도 학년별로 듣는 게 아니라 저학년 반 모이고 고학년 반 모여서 수업을 했다.

3학년인 나는 저학년 반에서 동생과 같이 수업을 들었고, 그 여자아이도 나와 같은 학년으로 수업을 같이 들었다.

그렇게 몇 달을 같이 학교를 다니다 보니 그 여자아이 이름이 '이수진'이라는 것을 알게 됐다. 학교에서 친해진 친구들과 떠들고 놀 때면 항상 이수진은 혼자 무리에서 떨어져 시간을 보냈다.

그리고 추석이 성큼 다가온 가을쯤, 마당에서 동생과 비눗방울을 불면서 놀고 있었다. 방울방울 무지개 빛깔을 뿜내며 가을바람을 타고 날리는 비눗방울들이 예뻤다.

우리 집 호기심 많은 고양이들이 날아다니는 방울을 앞 발톱으로 톡 톡 터트리고 동생은 손뼉을 치면서 방울들을 터트렸다. 그렇게 정신없이 놀다가 대문 앞에 느껴지는 인기척에 눈을 돌렸다.

그곳에는 다름 아닌 수진이가 대문 앞에서 우리가 노는 모습을 지켜보고 있었다. 그런 수진이를 바라보다 눈이 마주쳤는데 수진이도 당황한 듯 발걸음을 옮기려 했다.

"이수진!"

다급히 그 아이를 불러 세웠다.

발걸음을 옮기던 수진이는 그 자리에 멈춰 나를 쳐다봤다.

"같이 놀래?"

또 내 말을 무시하고 제 갈 길을 갈 줄 알았는데 내 예상과 달리 수진이는 수줍게 고개를 끄덕였다. 그런 반응이 낯설어 조금 움찔했지만 나는 입가에 미소를 띠고 문을 열어주었다.

8

내가 생각했던 수진이의 이미지는 짧은 똑 단발에 맞게 까칠하고 새침한 게 조금 재수 없는 아이였다.

실제로 학교 친구들한테 수진이 어때? 물어보면 좋은 대답은 하나도 돌아오지 않았다.

그런데 지금 옆에서 조심스럽게 고양이를 만지고 나의 질문에 수줍은 표정으로 대답을 피하는 수진이는 영락없는 내 또래 어린아이였다.

마루에 앉아 다리를 앞뒤로 흔들며 놀던 동생이 수진이에게 대뜸 비눗방울 빨대를 입에 갖다 대며 불어보라고 말했다. 수진이는 작게 입 바람을 불어 비눗방울을 내보냈다.

눈썹이 보이는 짧은 앞머리에 똑 단발 조금 촌스러운 머리였지만 수진이의 큰 눈과 작은 얼굴 때문에 귀엽게 보였다.

비눗방울만 가지고 놀기에는 금방 질려서 이때까지 고양이들을 훈련시킨 것을 수진이에게 보여주며 자랑했다. 그걸 본 수진이는 대단하다며 귀엽다고 크게 웃었고 난 또 거기에 우쭐해 계속 묘기를 보여줬다.

그렇게 놀다 보니 즐거운 하루가 끝이 났다. 다음에도 꼭 놀자고 약속하고 도장까지 찍어 수진이를 보냈다.

그렇게 그 다음날 뒤로 학교 갈 때도 집에 갈 때도 둘이 꼭 붙어 저녁 먹을 때까지 온 마을을 누비고 다녔다.

그러다 교환일기도 쓰며 서로의 생각도 나누고 비밀 이야기도 하면서 둘도 없는 단짝 친구가 되었다.

9

수진이는 엄마 아빠가 없었다. 엄청 괴팍한 할머니 하고만 살았는데 그 할머니는 성질이 정말 불같으셨다. 수진이가 조금만 잘못해도 이년 저년 하며 호통을 치셨고 옆에 끼어 있는 나까지 혼난 적도 여러 번이었다.

그럴 때마다 착한 수진이는 "우리 할머니 저러셔도 절대 나쁜 분 아니셔." 라고 말한 뒤 1시간이 넘도록 할머니 칭찬을 가득했다.

아무리 수진이가 할머니 칭찬을 해도 좋으신 분이라는 건 전혀 느낄 수 없었지만 말이다.

할머니는 우리 엄마하고도 사이가 별로 좋지 않았다. 작년 감나무 사건으로 엄마랑 할머니 둘이서 마을을 뒤집어 놓으셨다.

가을이 되자 감나무에서 황금빛 과실이 통통하게 잘 맺혀 딱 먹기 좋게 감이 열렸다. 별 관리 없이도 잘 자라준 감나무가 기특했는지 엄마는 몇 개만 따서 먹고 나머지는 보기 좋으라고 따지 않고 구경만 했다.

그러다 옆집 할머니가 대문이 열려 있는 사이에 감을 몇 개 따갔나 보다. 그걸 본 엄마가 왜 따가시냐고 물어보다 점점 서로의 말투가 격해졌다.

그러다 할머니가 먼저 마을이 떠나가라 큰소리로 한 수를 두셨다.

"아니, 원래 서울 사람들이 이렇게 인정머리가 없나? 나무에 감이 차고 넘쳐서 몇 개만 따갔는데 이렇게 사람을 잡으니."

거기에 엄마는 기가 차다는 듯 또 큰소리로 대꾸했다.

"그게 서울 사람이랑 무슨 상관이에요. 그럼 원래 촌사람들이 이렇게 경우가 없나요? 남의 땅에서 자란 남의 나무에서 난 감을 왜 가져가요!"

그때 옆에서 할머니가 준 감을 먹고 있었던 수진이가 곤란해 보여 몰래 손을 잡고 그곳을 빠져나왔다.

수진이는 그 사건 뒤로 엄마 눈치를 보며 살금살금 우리 집 앞을 지나갔다. 그런 수진이에게 괜찮다며 눈치 보지 말라고 다독였다.

그 뒤로 엄마와 할머니 사이는 냉랭했다. 하마터면 수진이와 나의 사이까지 어색해질 뻔했다.

그러다 자존심 센 엄마가 먼저 굽혀 죄송하다고 사과한 말도 안 되는 사건이 일어났다.

이제 한파로 들어선 한겨울, 동생이 학교를 마치고 친구와 논다고 나를 먼저 보냈다. 이제 3학년이나 된 동생을 안 된다며 손 붙잡고 데리고 올 순 없어서 알겠다고 했다.

그게 사건의 시초였다.

엄마와 내가 저녁 준비를 하고 있을 때였다. 대문 여는 소리에 창문으로 내다보니 동생이 한쪽 다리에 피 묻은 천을 감고 비 맞은 생쥐처럼 흘딱 젖어 마을 아저씨한테 업힌 모습으로 있었다.

나는 깜짝 놀라 이 사실을 엄마에게 알리고 황급히 마당으로 뛰어갔다. 엄마와 내가 절뚝거리는 동생을 부축해 집 소파에 앉게 했다. 그리고 자초지종을 물으니 동생이 이런 꼴이 된 이유는 이러했다.

친구들과 놀다가 혼자 집으로 돌아오던 동생이 겨울이라 꽁꽁 언 호숫가에서 발이 미끄러져 덜 얼은 호수로 풍덩 빠져버렸다. 그때 그 주변에 아무도 없어 동생은 한참 허우적거리다 마실 나온 수진이 할머니에게 발견되어 마을 아저씨에게 구조됐다.

그 얘기를 듣는 순간 동생을 영영 볼 수 없었을 수도 있다는 생각에 심장이 철렁하고 내려앉았다. 엄마 또한 나와 같은 마음이었는지 제자리에 주저앉았다.

동생 옷 갈아입는 걸 도와주고 무사히 저녁을 먹을 수 있다는 것에 감사하며 저녁 시간을 보냈다. 저녁을 다 먹고 엄마는 옷을 갈아입었다. 그리고 마당으로 나가더니 감나무에 주렁주렁 달린 감을 다 떼어내 바구니에 담아 나를 불렀다.

"넌 이 바구니 들고 엄마 따라와."

어디 가느냐고 물어보지 않아도 어딜 가는지 알 것 같아 조용히 엄마를 따라나섰다. 엄마는 파란 지붕의 옆집 대문에 서서 문을 두드렸다. 그러자 곧 수진이가 나와 대문을 열어줬다.

엄마는 집 안에 들어서 거실에 앉아 있는 할머니께 허리 숙여 감사하다고 인사를 했다. 나도 옆에서 엄마를 따라 감사 인사를 전했다.

그리고 감이 가득 담긴 바구니를 할머니께 드렸다. 할머니는 그걸 보고 함박웃음을 지으시더니 괜찮다며 다시 들고 가라고 바구니를 밀어내셨다.

엄마는 그때 일은 정말 죄송했다며 다시 한 번 고개를 숙였고 할머니는 또다시 손사래를 치셨다. 드시라고 계속 권유하는 엄마의 고집에 할머니는 결국 받아들였다.

그날은 마을이 떠나가라 소리를 지른 날과 다르게 집이 떠나가라 웃음소리가 가득했다. 나갈 때 할머니는 줄 게 이것 밖에 없다며 내 손에 요구르트를 쥐어주셨다.

10

사건 많던 가을이 지나가고 12월, 본격적인 겨울이 시작됐다.

마당에 있는 황금빛 감나무가 겨울이 되자 앙상해진 걸 보면서 엄마는 너무 볼품 없어졌다며 인상을 구겼다.

옆집 할머니는 요즘 이제야 마음 잘 맞는 젊은 친구를 찾았다며 시도 때도 없이 수진이와 우리 집에 들르셨다. 그 덕분에 수진이와 더 많이 만날 수 있어 나는 너무 좋았다.

오늘도 할머니는 한바탕 시끄럽게 수다를 하고 가셨다. 항상 생각하는 거지만 할머니는 말씀이 무척 많으셨다. 아침에 오면 저녁까지 하루 종일 애기를 하셨다. 처음에는 엄마도 좋다며 같이 대화를 나눴지만 엄마도 점점 지치는지 가끔 할머니가 초인종을 누르실 때마다 집에 없는 척을 하는 걸 봤다. 예전 같았다면 이제 오시지 말라며 딱 잘라 말했겠지만 동생 사건도 그렇고 무엇보다도 엄마의 성격이 많이 바뀌었다는 걸 느끼는 요즘이다.

처음 촌에 왔을 때는 이 촌에서 할 게 뭐가 있느냐며 심심하다고 성질이란 성질은 다 내며 우리에게 다 화풀이를 했다. 그러다 너희는 학교 가서 좋겠다고 나도 회사 가서 일하고 싶다며 일중독 걸린 사람처럼 우리에게 하루 종일 속풀이하는 날도 있었다.

그러다 옆집 할머니의 추천으로 마당 한 켠 작은 밭에다가 고추나 배추등을 심어 키웠다. 생각보다 손이 많이 가는 밭이 기분 좋았는지 이제 일거리가 생겼다며 좋아하는 엄마의 모습이 잊히지 않는다. 언제는 손에 흙 묻는 게 제일 싫다며 절대 안 하려 하더니 이제는 하루 종일 그 밭에 앉아 삽을 손에서 내려놓질 않는다.

저번에는 우리에게 쿠키를 구워준다며 앞치마를 매고 있던 엄마의 모습에 엄청난 충격을 받았던 일도 있었다. 요즘 정말 이상해지는 엄마이다.

그래, 오늘의 교환일기 내용은 달라진 엄마에 대해서 적어야겠다. 아니,

아니다. 이제 정확히 20일 남은 크리스마스에 대해서 적어야겠다.

촌으로 이사를 오고 나서 매번 크리스마스는 서울에서 보냈다. 서울에 사는 이모가 선물 사준다며 부르기도 했고 무엇보다 엄마가 무척 가고 싶어 했던 이유가 제일 컸다.

크리스마스를 보낸 서울에서 돌아오면 수진이에게 그곳에서 무슨 일이 있었는지 반나절 동안 애기를 해주었다. 초롱초롱 눈을 떠서 내 얘기가 재밌다는 듯이 눈도 한번 안 깜빡이는 수진이 때문에 더 과하고 더 재미있게 얘기하기는 했지만 말이다.

내 얘기가 끝나고 나서 수진이에게 너는 뭐 했냐고 물어보면 항상 '교회에 가서 놀았어.' 그리고 덧붙여 '네가 없어서 재미없었어.' 라고 시무룩하게 말했다.

그런 수진이에게 다음 크리스마스에는 꼭 같이 교회 가서 놀자라고 매년 약속했지만 지켜진 적이 단 한 번도 없었다.

11

크리스마스 날이 코앞으로 다가오자 나와 동생은 마음이 붕 떠 있었다. 이번에는 이모가 뭘 사줄까, 서울에 가면 놀이동산 가자고 해야지. 이미 생기지도 않은 일에 들떠서 동생과 얘기를 나눴다. 그런 대화를 듣고 있던 엄마가 우리의 말을 잘랐다.

"이번 해에는 서울 안 갈 거야."

그 말을 듣자마자 동생은 울상을 지었다. 그런 동생을 보고 나는 엄마에게 물었다.

"왜?"

"그냥, 서울까지 운전해서 가기도 귀찮아."

방금 내 귀를 의심할 뻔했다. 서울에 꿀 발라놓은 것마냥 무슨 일만 생기면 가려 하던 엄마가 귀찮다고 안 간다니. 놀이동산과 대형마트에서나 살 수 있는 장난감 선물들이 물거품 된 건 그렇다 치고 엄마가 자진해서 안 간다는 말에 입을 다물 수가 없었다.

동생도 당황스러웠는지 아무 말없이 엄마를 쳐다봤다. 그런 우리를 보던 엄마는 뭘 그렇게 쳐다보냐며 삽을 들고 마당에 나갔다. 나간 엄마를 보던 동생은 당황스러운 표정을 지우고 다시 울상을 지었다.

"그럼, 크리스마스 선물은 어디서 사."라며 짜증스럽게 발을 굴리며 자기 방으로 들어가는 동생을 쳐다봤다.

나는 이번 크리스마스에는 수진이랑 같이 교회에 갈 수 있겠다는 생각이 번쩍 떠올라 옆집으로 발걸음을 향했다. 역시나 내 얘기를 들은 수진이는 기쁘다며 펄쩍 뛰었다. 그런 수진이의 모습을 보니 차마 서울에 못 간다고 실망할 수 없었다. 오히려 나도 기뻐 수진이를 따라 입가에 미소를 지었다.

그렇게 설레는 크리스마스의 날은 눈 깜빡할 새에 다가왔다.

크리스마스이브 날, 학교를 마치고 수진이와 매서운 찬바람에 오들오들 떨며 돌아오는 길이었다.

'이렇게 추울 꺼면 눈이나 오지'라고 말하며 바닥을 차는 수진이의 모습에 나도 공감하며 고개를 끄덕였다.

그러다 집에 다 도착했을 즘, 마을 확성기 알림 소리가 울렸다.

"아- 아- 크리스마스 날 마을교회에 작은 선물들 그리고 음식들이 준비될 예정이니깐 올 사람들은 와서 놀다 가시오. 시간은 오후 2시오."

그리고 확성기 소리는 뚝- 끊어졌다. 누가 들어도 우리 마을 최고 어르신인 책방 할아버지의 딱딱한 목소리였다.

크리스마스 발음이 잘 안 되셨는지 바람 새어나가는 잇소리로 방송된 할아버지의 목소리가 우리를 웃게 했다.

그리고 드디어 오늘 크리스마스의 새벽이 밝았다.

어젯밤 엄마와 새벽까지 추리 영화를 본다고 늦게 잠이 들어 버렸다. 그렇게 잠이 든 지 3시간도 안 됐을까. 엄마가 나와 동생을 깨웠다. 내가 조금만 더 잔다고 투정을 부리자 엄마는 얼른 일어나라며 해 떴다고 창문 커튼을 걷었다. 엄마 말대로 창문 밖에선 옅은 빛이 새어 나왔다.

그리고 엄마는 무슨 영문인지 장난스럽게 웃으며 창문을 활짝 열었다.

이불 밖으로 내 놓은 얼굴에 찬바람이 닿아 몸을 움츠렸다. 춥다고 창문 닫으라며 말하려 하자 이마에 닿는 차가운 무언가에 눈을 번쩍 떴다. 그리고 자리에서 벌떡 일어나 창문을 쳐다봤다.

엄마가 창틀에 팔을 받쳐 새하얀 눈들을 구경하고 있었다. 꽤 큰 눈발들이 하얗게 내 방바닥에 내려앉고 있었다. 두근거리는 마음을 쥐어 잡고 창문으로 빠르게 다가섰다.

언제부터 왔는지 마당에는 눈이 가득 쌓여 있었다. 엄마가 내보내줬는지 초봄이와 새끼들이 눈밭에서 신나게 구르고 있었다.

어제 눈이 오길 빌었던 수진이와 나의 바람을 들어주셨는지 아직 새벽인 하늘을 사랑스럽게 올려봤다.

나는 급하게 옷을 두르고 동생과 마당에 나갔다. 차게 내리는 눈을 손에 올렸다. 금방 녹아버렸지만 주먹을 꽉 쥐었다. 이 지역이 부산이랑 가까운 남쪽이라 눈이 올 가능성은 아주 희박하다며 기대하지 말라고 했는데 이렇게 거짓말처럼 눈이 내리니 너무 기뻤다.

새벽이었지만 이 사실을 빨리 수진이에게 알리고 싶어 대문을 열고 옆집으로 향했다. 그런데 문을 열고 고개를 돌리니 이미 수진이가 웃으면서 우리 집 담 앞에 서 있었다.

12

오랜만에 눈을 한가득 집었다. 눈사람도 만들고 눈싸움도 하고 눈 속에 얼굴을 박아 오래 버티기라는 이상한 놀이도 했다. 신발과 옷이 눈에 잔뜩 젖어 축축하고 으슬하긴 했지만 그래도 신이 났다.

옆집 할머니와 엄마의 밥 먹으라는 소리에 우리는 점심을 약속하고 잠시 헤어졌다.

엄마는 잔뜩 젖은 우리를 현관에 멈춰 세워 수건을 줬다. 수건으로 아무리 닦아도 계속 흐르는 물에 결국 화장실로 들어가 샤워를 하고 잠옷으로 갈아입었다. 동생은 이미 씻고 나와 만화영화를 보면서 밥을 먹고 있었다. 아까 너무 신나게 놀아서 그런지 배가 꼬르륵 소리를 내며 배고프다고 요동을 쳤다. 식탁 앞에 앉아 허겁지겁 밥을 먹고 나른한 눈을 감았다.

눈이 스르륵 감길 즘 대문 밖에서 초인종 소리가 들렸다. 그 소리에 다시 눈을 떠 수진이와 점심 약속이 생각나 마당으로 나갔다. 대문을 열었다. 대문 앞에 서 있는 사람은 수진이가 아니었다. 수진이보다 훨씬 큰 키, 검은 정장을 입은. 아빠였다.

"아빠!"

양손에 선물을 잔뜩 들고선 웃고 있는 아빠를 보자 눈물이 나왔다. 아빠가 외국 지사로 발령 난 뒤로 3년 만에 보는 얼굴이었다. 저녁마다 통화로 목소리만 듣던 아빠가 이렇게 내 앞에 서 있으니 눈물이 나오는 건 당연했다.

내 목소리를 들었는지 동생과 엄마도 놀란 듯 마당으로 뛰쳐나와 아빠를 반겼다. 아빠는 걸걸한 목소리로 특유의 웃음소리를 냈다. 동생은 아빠를 보자마자 바로 아빠에게 달려가 안겼고 나는 눈물을 닦고 아빠 손에 있는 선물들과 무거운 짐을 집으로 옮겨 줬다.

배고프다는 아빠의 말에 엄마는 집에 들어가 얼른 아침을 차려줬다.

나와 동생은 아빠가 밥을 먹는 동안 옆에 딱 붙어 떨어지지 않았다. 엄마도 아빠 앞에 앉아 왜 말도 없이 왔냐고 물어보고 있었다.

그러다 현관 앞에 놓인 선물더미들이 궁금해 슬쩍 아빠 옆에서 빠져나와 선물들을 풀었다. 외국 과자, 장난감, 게임기 등 전날 통화로 가지고 싶다고 했던 것들은 다 사온 것 같았다. 너무너무 기뻐서 동생을 불러 남은 선물들을 더 풀었다.

"화이트 메리 크리스마스!"

선물을 보고 기뻐하는 우리의 머리를 큰 손으로 쓰다듬으며 아빠는 말했다. 그런 아빠의 모습은 산타클로스 할아버지 같았다.

13

나는 선물들 중 외국 과자를 한 손에 들고 나머지 한 손은 아빠와 손을 꼭 잡은 채로 옆집으로 향했다. 수진이와 과자를 나눠 먹고 싶기도 했고 아빠도 소개해 주고 싶은 마음도 있어 내가 먼저 가자고 권했다.

옆집에 들어서자 아빠는 할머니와 아는 사이인 듯 그동안 건강하셨어요? 라고 인사를 했다. 나는 아빠에게 알던 사이냐고 물어보자 아빠는 당연하다는 듯 고개를 끄덕였다.

"그럼, 여기가 아빠 고향인데, 아빠 어렸을 적 전부 다 같이 지냈던 분들이셔."

아, 여기가 친할머니 댁이었다는 걸 잠깐 까먹었나 보다.

할머니는 오랜만이라며 아빠를 얼싸안았다. 그 모습을 보고 나는 수진이 방에 들어가 외국 과자를 나눠먹었다.

그렇게 한참이 지났을까. 아빠는 할머니께 들었는지 놀고 있는 우리한테 교회를 갈 것인지 물었다. 우리는 고개를 끄덕였고 나갈 준비하라는 아빠의 말에 외투를 입었다.

수진이 집에서 나와 우리 집에 들러서 엄마와 동생을 기다렸다.

아빠는 오랜만에 보는 얼굴들이 많겠다며 걸어가는 내내 이곳에서의 추억을 우리에게 얘기해 주었다.

그 얘기를 듣던 도중 할머니는 아빠의 얘기에 끼어들어 아빠가 얼마나 사고뭉치였는지 얘기해 주셨다. 그 덕에 꽤 거리가 있는 교회 가는 길이 먼 줄도 모르고 도착했다.

마을 외곽 쪽에 있어서 그런지 여기 지내는 동안 교회를 자세히 볼 기회가 없었다. 큰 건물과 다르게 교회 내부는 생각보다 작았다.

교회 입구에는 작은 크리스마스트리가 놓여 있었다. 크리스마스트리에 달린 작은 장식품들을 만져봤다. 겉으로 보기에는 딱딱한 상자같이 생긴 장식품이었는데 폭신한 솜덩어리였다.

아빠와 엄마를 따라 음식이 준비된 곳에 들어섰다.

그곳에는 이미 마을 사람들이 다 와 있었다. 아빠를 알아본 어르신들이 먼저 반갑게 맞아주셨다. 사실 밖에 잘 나가지 않는 이상 옆집 할머니 말고는 잘 마주치시는 분들이 아니라 어색했다. 엄마도 나와 같은 마음이었는지 어색하게 미소를 지으며 인사를 했다.

할머니는 그런 엄마를 보고도 아랑곳하지 않고 엄마를 챙기셨다. 엄마를 마을 사람들한테 전부 소개하실 작정인지 엄마 손을 꼭 잡고 놓지 않으셨다.

교회 안에는 나와 수진이 그리고 동생 밖에 없었다. 어른들 사이에서 놀기에는 조금 민망해서 교회 앞에 나가 놀았다. 놀다가 작은 야구공을 발견해 눈이 와서 미끄러운 바닥인데도 열심히 뛰어다니며 야구놀이를 했다.

계속 뛰어놀다 보니 배가 고파 다시 교회 안에 들어갔다.

우리가 잠깐 노는 사이 좀 친해졌는지 엄마는 마을 아주머니들 사이에서 크게 웃으며 넘어가고 있었다.

그 모습을 보니 왠지 기분이 좋아져서 웃음이 나왔다.

14

우리가 밥을 먹는 동안 마을 어르신들이 부담스러울 정도로 우리 앞에 가까이 앉으셔서 이것도 먹어보라 권하시고 저것도 먹어보라고 계속 권하셔서 정말 정신없이 배부르게 먹었다.

처음 보는 분들도 계시고 간간이 지나가다 인사를 했던 분들도 계셨다. 잘 먹는 우리를 보며 뿌듯하게 쳐다보시는 어르신들 덕분에 배가 터질 정도로 더 맛있게 먹었다. 밥을 먹고 양계장 할아버지가 주신 식혜를 마시며 교회를 돌아다녔다.

그때 교회 안쪽에서 동생을 구해준 아저씨가 우리를 불렀다. 아저씨는 우리에게 사탕을 쥐어 줬다. 그리고 커다란 기계 앞에 서서 무슨 노래를 듣고 싶은지 물었다.

수진이와 나는 동시에 크리스마스 캐럴송을 외쳤다.

아저씨는 둘이 마음이 통했네 하시며 허허 웃고는 기계를 만지작거리셨다. 그러자 교회에 따뜻한 캐럴송이 퍼졌다. 교회 창밖에는 하얀 눈발이 더욱 거세졌다.

메리 크리스마스를 외치는 신나는 노래가 우리들의 몸을 들썩이게 했다. 어른들은 전부 술을 마셨는지 볼이 벌그레진 채로 무슨 얘기를 나누시는지 큰 웃음소리가 가득 했다. 동생은 영어로 된 가사를 웅얼거리다 아는 부분이 나오면 그 부분만 크게 따라 불렀다. 그런 동생의 모습이 우스워 아저씨와 우리는 배를 잡고 웃었다.

처음에는 한겨울이라 그런지 교회 안이 조금 춥다고 느꼈는데 분위기 때문인지 사람들의 열기 때문인지 훈훈한 따뜻함이 가득했다.

15

세상에서 제일 행복했던 크리스마스가 지나고 아빠는 다시 외국으로 가셨다. 그날 골목 어귀에서 우리 가족끼리 얼싸안고 얼마나 울었는지 지금 생각해 보면 조금 부끄럽다.

설날이 지나고 수진이와 나의 졸업식도 지나갔다.

중학교에 입학해도 달라진 건 없었다. 초등학교 친구들과 그대로 올라왔고 수진이도 그대로 내 옆에 있었으니깐.

그렇게 별 탈 없이 그날이 그날처럼 즐겁게 지내다 보니 3년이라는 긴 시간은 금방 지나갔다.

그리고 잊고 있었던 6년이 지나갔다.

중학교 졸업하면 이제 서울에 돌아가야 한다는 아빠의 전화를 받고 하루 종일 우울했다. 고등학교 같이 가자고 약속한 수진이가 떠올라 괜히 또 눈물이 났다.

그 다음날 수진이에게 울면서 이 사실을 알렸다. 수진이가 다독여 주며 같이 울어 줄 거라고 예상했지만 수진이의 반응은 달랐다. 표정이 안 좋아지긴 했지만 예상했다고 말을 하며 아무렇지 않게 다시 길을 걸어가는 수진이었다. 그런 수진이의 모습에 내심 서운하긴 했지만 졸업할 때까지 좋은 추억만 만들고 가자는 생각에 그다지 내색하지 않았다.

그 뒤로 계속 수진이가 나에게 차갑게 구는 것이 자꾸만 느껴졌다. 오직 나랑만 붙어 다니려고 하던 수진이가 은근 우리 사이에 다른 친구를 끼우는 모습이 영 섭섭할 수 없었다.

그러다 졸업 날짜가 다가오고 그쯤 내가 섭섭하다는 걸 표현하자 수진이는 기다렸다는 듯이 큰 소리를 치며 나와 싸웠다. 그때 얼마나 배신감이 들고 화가 나던지 서로 아는 척도 하지 않았다.

그러다 이사 가는 날이 다가왔고 끝까지 오지 않는 수진이에게 나는 이제 완전히 마음을 버렸다 생각했다. 그냥 그때 좋았던 추억으로만 생각하자며 서울로 가는 차 안에서 마음을 정리했다.

16

이곳 서울에서 다닐 고등학교 준비를 한다고 눈코 뜰 새 없이 바쁜 하루를 보냈다. 미뤄뒀던 공부도 조금씩 하고 엄마 또한 직장을 다니기 시작해서 우리 가족의 아침은 정신이 없었다.

그렇게 도시에서 바쁘게 생활하다 보면 그 촌마을도 자연스레 잊힐까 했지만 높은 빌딩들 사이를 누비면 누빌수록 촌마을에서의 생활이 더욱더 그리워졌다.

밤, 잠들기 직전에는 항상 잊히지 않는 맑은 밤공기와 벌레들 소리가 아른거렸다. 그러다 문득 수진이가 떠오르면 그때 왜 그랬을까 생각하다 다시 화도 나고 그러면서도 보고 싶고 복잡한 감정들이 뒤섞이다 잠이 들었다.

그러던 어느 날 텅 빈 집에 들어오자 거실 식탁 위에 편지봉투가 올려져 있었다. 하얀 봉투 안에는 예쁘게 코팅된 들꽃과 풀들이 있었고 작은 편지지가 들어 있었다.

보낸 사람. 이수진.

마치는 글

2015년 진해여자중학교 3학년 이도하입니다.

작년에 '고자골목'이라는 책을 쓰느라 2학년을 절반은 보낸 것 같은데 이번에는 '촌구석'이라는 책으로 가을을 보냈습니다.

'촌구석'은 도시의 갑갑함에서 벗어나 따뜻하고 정겨운 시골에서 6년이라는 긴 시간을 보낸 주인공이야기입니다. 작년에는 정말 열심히 써서 꽤 만족스러웠던 것 같은데 이번에는 정말 미숙한 부분이 많습니다. 그래서 시골의 정겨운 분위기가 잘 전달됐는지 걱정이 됩니다. 그 부분을 감안하고 읽어주시면 감사하겠습니다.

작년 동아리 친구들 또 새로 들어온 2학년 후배님들과 같이 3학년 마지막 책쓰기 활동을 해서 정말 즐거웠습니다. 이제 고등학교를 올라가면 이런 좋은 활동도 더 이상 못할 것 같아 아쉬울 따름입니다.

이렇게 좋은 기회를 주신 선생님과 즐겁게 활동할 수 있도록 도와준 친구들에게 정말 감사합니다.

검은 일요일

백예진

프롤로그

'지직……'

"마론느! 여긴 퀘이사 항공 관제사다! 얼른……."

'치지직……'

"우주선을 돌려! 명령 불복종 시에는……."

'지지직.'

몸이 뜨겁다. 숨도 턱턱 막히는 것이 예감이 영 좋지 않다. 하지만 그 아이를 위해서라면 나는 그에게로 가야만 한다. 고향을 떠나온 지 약 1시간. 난 그 아이가 더욱 위험해지기 전에 도착해야만 한다. 가는 길만으로도 몇 억 광년을…… 당장 그에게로 가서 위험을 알리고 싶지만, 그랬다간 내 목숨을 부지할 수 없을 것이다.

마론느와의 만남

여느 때와 같이 나는 아침이 되어도 늦잠을 잤다. 가위에 눌린 것인가? 내 옆에 꼭 누가 있는 것만 같았다. 무서워서 눈을 못 뜨고 있을 그때 여자의 목소리가 들려왔다.

"어서 눈 떠! 시간이 몇 신데 아직까지 자는 거니?"

정신이 확 들었다. 우리 집에는 분명 나 혼자일 텐데…….

"뭘 그렇게 놀라? 크큭."

"누구……."

"안녕! 난 마론느! 반가워. 일찍 좀 일어나지. 너랑 이야기할 시간이 없잖아!"

"아니 그러니까……."

그녀는 그렇게 홀연히 사라졌다. 그녀가 사라지고 난 후 더욱 자몽한 느낌이었다. 뭔데 그리 일찍 떠나는지…… 하다 못해 아예 적반하장이네. 하지만 나는 할 일이 많기에 오래 앉아 생각하고 있을 여유가 없다. 얼른 필요 없는 물건들을 정리하기 시작했다. 생각보다 더 적다. 오늘 생활비는 벌 수 있을까.

"이렇게 하면 얼마죠?"

"음, 9000원."

"네? 이렇게나 많은데요?"

"그럼 더 비싼 걸 가져오든가."

난 9000원을 받고 나올 수밖에 없었다. 그 가게는, 아니, 전당포라는 곳은 원래 물건을 맡기면 그 물건의 가치만큼 돈을 빌려준다. 물건은 일종의 담보라고 해도 될 것이다. 그 물건을 되돌려 받으려면 빌린 돈과 이자를 내야 하지만 난 그럴 생각은 애초에 접었다. 전당포 주인은 이자를 기분에 따라 마구 붙여대기 때문에 마을 사람들도 물건을 거의 포기하다시피 돈을 빌린다.

힘들게 받은 9000원으로 먹을 음식을 좀 사고 집으로 곧장 들어왔다. 아까는 보지 못 했던 꽃이 하나 놓여 있다. 장미인 건가? 구분이 어려웠다. 워낙 새카만지라 꽃은 꽃인데 알 수가 없었다. 아마 장미인 것 같다. 이런 건 돈이 될지도 모르니 쓰레기 버리러 나가면서 전당포에 들러야겠다.

"이건……."

"돈이 안 되는 건가요? 정말 희귀한 장미이지 않나요?"

"크흠, 흠! 그냥 들고 돌아가!"

"왜죠?"

"조용히 하고 썩 돌아가라니까!"

난 그렇게 전당포에서 쫓겨났다. 정말 왜 저러시는 걸까. 정말 가치 없는 쓰레기였나 보다. 그냥 다른 데 버려야겠어.

"야. 야! 안 일어나?"

부스스 눈을 떴다. 아직 해도 제대로 뜨지 않았는지 내 눈은 자꾸만 스르르 감기고 창문 밖은 어두침침했다.

"오늘도 얘기를 못 나눌 뻔 했잖아! 휴, 알고는 있는 거니?"

"뭘 말하는 거야? 얘기하고 싶은 게 뭔데?"

"하여튼 머글들이란……. 아! 그건 그렇고 내 검은 장미 봤니?"

"응? 아, 응! 봤어."

"잘 간직하고 있지?"

아차 싶었다. 그건 어제 분명 내다 버렸는데, 이걸 어쩌지…… 대충 둘러대야겠다.

"일단 그건 차근차근 이야기하도록 하고! 너 이제부터 전당포 가지 마."

"어? 왜? 난 오늘도 거기를 가야만 해. 그래야 내가 생활비를 벌어 밥을 먹을 수 있거든.”

“가지 말라고! 넌 항상 이렇게 말을 듣지 않는 거니? 너 때문에 또 시간이 없잖아!”

그녀는 또 그렇게 사라졌다. 그녀가 한 말이 거슬리긴 하지만, 난 돈을 받기 위해서 꼭 가야만 하는 곳이다. 오늘도 어김없이 난 짐을 싸들고 집을 나섰다.

“7000원.”

“조금만 더 올려주시면 안 될까요?”

“그럼 물건만 줄래?”

난 어쩔 수 없나 보다. 오늘도 이 돈으로 생활해야겠지.

“그런데 이건 뭐죠?”

내가 물었다. 전당포에는 잡동사니가 굉장히 많다. 높은 이자로 돌려받지 못한 물건들이 수두룩하다. 그중에서 내 눈에 유난히 띄는 주사기가 보였다.

“넌 몰라도 되는 것이니까 신경 꺼.”

“이건 얼마에 살 수 있는 거죠?”

“풋. 웃기구나, 너? 너 같은 천한 것들은 보지도 못할 만큼 귀한 것이지.”

나는 문득 호기심이 생겼다. 나 같은 천한 것들은 볼 수도 없다니……. 전당포 주인에게서 정당하게 살 수 있을 확률은 거의 0퍼센트이다. 밤에 몰래 나와 만져보기라도 해야지.

집에 돌아와 보니 이번엔 초록색 장미 꽃이었다. 분명 또 마론느의 짓이겠지. 그런데 정말 저번부터 궁금해 했지만 이 장미의 뜻은 무엇일까? 물어보아도 대답해 주지 않을 것 같았다. 아니면 물어보기도 전에 내 말을 자르든가. 이건 내가 알아보는 수밖에. 일단 기회가 된다면 물어보도록 하고 지금은 밤만을 기다려야 한다.

추적, 그리고 추측

밤이 되고 나는 몰래 전당포로 들어갔다. 의외로 들어가는 길은 쉽게 뚫려 있는 것 같았다. 어두워서 그런지 어디에 있는지 도통 찾을 수가 없었다. 이리 부딪히고, 저리 부딪히고. 이러다가 들키는 건 아닐까 내심 조마조마했다. 나는 최대한 조심스럽게 발을 옮겼다.

'바스락'

드디어 찾았다. 이제 무사히 집으로만 돌아가면……

'벌컥'

소리가 들려왔다. 나는 재빨리 몸을 숨겼다. 이윽고 '누구야!' 소리치는 전당포 주인의 목소리가 들려오더니 이내 그쳤다. 뭔가 찝찝하지만 나는 주사기를 들고 얼른 집으로 달아났다.

"야."

유난히 짧은 부름이었다. 별 의심도 없이 오늘도 왔나 보다 생각을 했다.

"야. 왜 대답 안 해."

등골이 서늘했다. 갑자기 말투는 왜 이리도 딱딱한지, 오늘따라 목소리가 왜 이리도 차가운 것인지. 정말이지 오늘은 일어나 마주치기가 싫었다. 오늘은 눈치를 채고 늦은 척 돌아가 주면 좋겠다.

"어? 어, 어…… 일어났어."

자꾸 기다리는 눈치길래 어쩔 수 없이 나는 대답해 버렸다.

"너, 전당포에 갔었지?"

곧 정적이 흘렀다. 어떻게 된 거지? 난 분명 주사기도 잘 숨겼는데……. 열심히 눈알을 굴려보지만 마론느가 눈치챌 만한 실수는 하지 않은 것 같았다.

"어떻게 알았어?"

나는 당황했다는 것을 표현하지 않아도 다른 사람이 알 만큼 당황했다.

"너도 정말…… 후, 됐어. 다 널 위한 거였는데 네가 그렇게 무시를 해 버리니 말이야."

그녀는 그 뒤로 나에게 찾아오지 않았다. 뭐, 좋은 것 아니겠는가. 나에게 방해 요소란 없어졌다. 그러니 오늘 밥은 어떻게 되든 상관없다. 전당포에 계속 숨어서 저 주사기에 대해서 좀 알아봐야겠다.

나는 주인이 잠시 한눈 판 사이를 틈 타 몰래 숨어 있을 수 있을 만한 자리를 찾아내었다. 입간판 옆 쌓아놓은 물류들 사이. 그곳은 내 몸집과도 잘 맞았다. 엇, 저기 누군가 들어온다. 그냥 이웃집 타릴르구나. 다시 문 밖을 주시했다. 아무도 들어오지 않자 난 그만 깜빡 졸아버렸다.

"아무도 없는 거 맞지?"

잠에서 깨어나자마자 들린 어느 남자의 목소리는 내가 모르는 사람의 울림이었다. 굉장히 고요하지만, 또 웅장하고 묵직했다. 내가 모르는 그는 전당포 주인과 얘기를 나누고 있었다. 처음에는 멀리서 찾아온 손님인 줄 알았지만 서로 나누는 이야기를 들어보니 심상치 않았다. 전당포 주인은 그를 계른이라고 불렀다.

"계른, 내가 카운터 진열장에 놓아둔 주사기가 없어졌어."

"뭐? 너 죽고 싶은 거야? 넌 그게 얼마짜리인지 모르는가 본데, 이 사실을 보스께서 아시면 너나 나나 다 끝인 거 알지?"

"…… 아, 그래. 전날 꼬마가 주사기가 뭔지 물어보곤 사가려고 했는데…… 그의 짓일까?"

전날의 꼬마가 날 말하는 것인가? 나는 순간 찔린 것인지 소리를 낼 뻔했다. 나는 더 있다가는 들킬 것 같아 곧장 집으로 달음박질쳤다.

집에 도착해 내가 들은 것들을 차근차근 곱씹어 보았다. 그게 그렇게 중요한 물건인 것인가? 보스. 그건 또 누구인 걸까? 그렇게 한참을 생각하다 결론이 나왔다. 결론은 단 한 가지. 그들의 배후에는 누군가 숨어 그들에게 범법 행위를 하도록 조종하고 있는 것이다. 아마 우리 아버지가 돌아가신 그 날, 그곳에 함께 있었던 자들이 틀림없다.

과거

　때는 지금으로부터 얼마 안 된 8개월 전이었을 것이다. 그때, 우리 아빠는 도박꾼이셨다. 처음에는 합법적인 도박이었다. 정말 단순히 길거리의 도박을 즐기던 평범한 회사원이었지만, 합법적인 도박은 이제 시시하다는 듯 더욱 더러운 곳으로 손을 뻗기 시작했다. 일명 카지노. 합법적인 도박만 하던 우리 아빠는 도박을 할 때마다 지기 일쑤였고 금세 돈은 사라져만 갔다. 그렇게 돈을 모두 탕진하고도 정신을 못 차리셨는지, 모든 일에 내기를 걸어댔다. 축구면 축구, 야구면 야구. 인생은 한방이라며 자꾸만 도박에 미쳐갔다.

　엎친 데 덮친 격으로 엄마는 어느 날 내 앞에서 자취를 감췄다. 그리고 어디선가 들었는데, 내 앞에서 자취를 감췄던 그날, 도망치려다 교통사고로 돌아가셨다고 한다. 그렇게 아빠는 폐인으로 살아간 지 녁 달도 채 안 되었을 때, 아빠는 지하의 도박장에서 경찰에게 붙잡혀 그곳에 있던 사람들과 함께 연행되었다. 그리고 그가 연행되어 재판소에 넘겨진 후 실형을 선고받았지만 정확히 몇 년인지는 듣지 못했다. 그것을 듣기 위해 면회를 갔던 날, 나는 그냥 나올 수밖에 없었다. 면회는 1일 1회이다. 나 말고는 찾아올 사람도 없거니와, 있더라도 누가 만나려 할까. 그런데도 누가 찾아왔었나 보다. 그 경비를 맡았던 남자는 날 제지했고, 나는 내일을 기약하며 오늘은 되돌아가는 수밖에 없었다.

　그때였다. 나는 면회실에서 나오는 두 사람을 보았다. 내 착각일지는 모르겠지만 그 안에서 우리 아빠의 목소리가 들렸다. 우리 아빠와 아는 사이이신 건가. 아, 나는 왜 알아차리지 못한 것이었을까! 그는 전당포 주인이었다. 그리고 그 옆은 매일 똑같은 시간에 나타나 똑같은 시간에 사라지는 마론느였던 것이다. 그리고 마론느는 전당포 주인에게 뭐라 말을 하는데 내용은 대충 알아듣자니 우리 아빠의 얘기였다.

내 앞에서 사라질 때와 같이 가루가 되는 것처럼 사라졌다. 더욱 놀라운 것은 전당포 주인은 놀랍지도 않다는 듯 그저 제 갈 길을 가는 것 뿐이었다. 그리고 그 다음날 내가 면회에 갔을 때 경비 아저씨가 내게 한 말을 나는 지금까지도 믿지 못하고 있다.

"그 2435번? 그 사람 도박에 미치더니 어제 자살했어. 너도 참 안 됐구나."

그 동정의 눈빛. 그렇지만 한편으로는 비웃는 그 경비의 태도에 난 죽이고 싶을 만큼 화가 치밀어 올랐다.

그들의 정체

　나는 그때 지금보다도 미숙한 어린 아이에 불과했으므로 그에게 다가가 물을 수도 없었다. 지금 생각해 보려니 거의 8개월 전이라 쉽게 기억이 나질 않는다. 그건 그런데, 둘은 무슨 사이였던 것일까? 마론느는 누구일까? 또 어디서 왔을까? 머릿속이 복잡해진다.

　'지금 그 주사기를 꽂아볼까?'

　나는 문득 생각이 들었다. 이 주사기가 비싸고, 귀한 것이라면 내가 이 약을 주입했을 때, 적어도 이 주사기의 독 때문에 죽지는 않을 것만 같았다. 그렇게 나는 결심을 했다. 주사기의 뚜껑을 뽑아 버리고 곧장 내 왼쪽 팔로 가져갔다. 혈관을 찾지 못하지만 대충 어림잡아 깊게 찔러 넣으니, 이내 내 기분은 하늘을 찌를 것만 같았다. 지금은 아무것도 필요 없어. 지금만은 아무 생각도 없이, 오롯이 나만의 공간이고, 세계인 거야. 지금만큼은 누구도 날 건드릴 수 없을 거야. 그렇게 내 몸은 내 생각을 따라주지 않은 채 전당포로 뛰어나갔다.

　"넌 또 뭐야?!"

　전당포 주인이 나에게 소리쳤다. 그 남자와 함께 있었다. 둘 모두 어이가 없다는 듯 그리고 조금은 화가 난 듯했다.

　"아저씨, 나 그 주사기 하나만 더 줘봐."

　나는 내 의식과는 별개로 이상한 말을 내뱉고 있었다.

　"아저씨, 내가 여기 있는 주사기 다 살게. 얼마면 돼? 내가 다 사준다고. 내가 다 살 거라고!!!!!"

　그는 이내 웃음을 터뜨렸다. 그러고는 조금 화가 났다는 것을 티라도 내는 듯이 말했다.

"너도 내 고객이 되겠다는 거냐? 웃기지도 마. 너 같은 가난뱅이는 하나도 못 구하는 걸 네가 지금 훔친 거야. 알아?!!"

그때였다. 그 묵직한 목소리의 사내, 게른이 나지막이 말했다.

"뭐 어때, 고객이 되고 싶다는 걸. 오늘은 그냥 내보내고, 마론느한테 잘 말해서 구슬리라고 해봐. 대단한 고객이 될지도 모르잖아? 푸훗."

마론느? 역시 그들은 마론느와 아는 사이였던 것이다. 그들이 마냥 청렴한 일을 하는 것처럼 보이진 않는다. 다시 마론느를 만나 얘기를 나눠봐야겠다. 얼른 집으로 가 아침이 밝기를 기다렸다.

"나 다시 왔어. 너 내가 하지 말라는 짓은 다 하는구나? 아주."

나는 그녀의 말을 채 다 듣기도 전에 물었다.

"난 지금 아주 궁금한 게 많아."

"너 때문에 내가 골치가 아프다니까? 흠. 그래서 궁금한 것에 대해 대답해 주면 이제 전당포를 안 갈 거야? 약속해 줘."

나는 단박에 대답했다.

"당연하지!"

"그래서 궁금한 게 뭔데?"

"전당포 주인과 게른이 널 알던데 넌 무슨 사이인 거야?"

"…… 게른을 네가 어떻게 알고 있는 거야?"

마론느는 당황한 기색이 역력했다.

"아니…… 그냥 엿들은 거야."

"넌 눈치가 없구나. 내가 그렇게 신호를 줬는데도 못 알아차리는 거 보면."

"무슨 신호? 혹시 장미 말하는 거야?"

"장미가 무슨 뜻인지 알기나 해?"

그 말을 끝낸 마론느는 곧 눈에 눈물이 고였다. 어떻게 달래주어야 할지 모르겠다. 장미에 뜻이 있었던가?

"넌 나에게 관심이 없나 보지? 알려고도 안 하는 걸 보니."

마론느는 화만 잔뜩 내더니 바로 사라져 버렸다.

"검은 장미…… 초록 장미……."

나는 장미를 중얼거리며 인터넷에 접속했다. 그리고 나서는 빠르게 타자를 쳤다.

검은 장미 : 당신은 영원히 나의 것.

푸른 장미 : 불가능. 얻을 수 없는 것.

초록 장미 : 천상에만 존재하는 고귀한 사랑.

무지개 장미 : 꿈은 이루어진다

노란 장미 : ……

……

"미친 거 아니야?!"

본능적으로 입에서 튀어나온 말이었다. 정말 마론느는 무슨 생각인 거지? 스토커 행세를 하는 건가? 게른도 알고, 스토커 행세에……. 뭔가 많이 걸린다. 앞으로 마주치는 일 없도록 하는 게 지금으로서는 최선인 것 같다.

중독

나에게 골칫거리가 생기고 나서부터 다시 떠오른 것은 주사기였다. 그럼 돈이 있어야 되고, 그렇게 하기 위해서는 전당포를 가야 한다. 마론느가 대답해 주면 전당포 가지 말라고 했는데, 대답 안 해줬으니 가도 되는 것 아닌가—자기 합리화라고 생각해도 좋다. 그런데 지금은 돈이 없다. 더군다나 팔아야 할 잡동사니들도 더 이상 없다. 우리 집에 남은 거라곤, 컴퓨터와 그에 따른 기계들, 책상, 의자, 침대, 이불, 갖가지 옷 등등…… 꼭 필요한 것 뿐이었다. 그래도 책상 없이는 살 수 있지 않을까? 책상을 팔아야겠다.

"이걸로는 하나도 못 살 텐데? 큭큭큭."

"잠시만요."

나는 그 말만 남기고선 전당포를 뛰쳐나갔다. 집에 안 쓰는 물건이 더 많을 것이다. 얼른 뛰어가 팔만한 것을 다 챙겨 보았다. 내가 집을 나설 때에는 침대와 컴퓨터도 없었다. 나는 침대까지 판 후에야 주사기 하나를 얻을 수 있었다. 집에서 이불 덮고 잘 수만 있으면 되지. 밥은 바닥에서 먹고, 컴퓨터야 뭐 세상일 알아 봤자 뭐 좋은 게 있을 거라고 들여다 보고 앉아 있겠어.

집에 가서 곧바로 주사기를 꺼내 들어 한 치의 망설임도 없이 팔에 꽂았다. 이번에도 기분이 좋았다. 그런데 뭔가 시원치 않은 기분이다. 처음 맞았던 주사보다 쾌감이 덜 했다. 하나를 더 맞고 싶은데, 이제 팔 것이라곤 이불밖에 남지 않았다. 나는 또다시 다음을 기약하며 아쉬운 눈초리로 주사기를 쳐다보았다. 범죄자들은 가끔 일기에 자신을 표현하기도 한다. 뉴스에서도 봤고, 내 눈으로도 직접 봤다. 아빠가 그랬으니까. 그래서 이 아쉬운 느낌을 일기로라도 풀어야겠다. 정말 나에게 남은 오직 하나, 볼펜과 공책이었다.

일기

11월 3일

더 이상 참을 수가 없다. 며칠 동안 주사를 하나도 맞지 못 하였다. 엊그저 께 돈이 될까 싶어 이불도 팔았는데, 괜히 팔았다는 느낌에 후회와 한숨 뿐 이다. 대신 그걸로는 밥을 대충 때웠다. 아무것도 없는 텅 빈 방. 나는 그곳 에 혼자 있다. 이 울적한 기분을 누가 주사를 놔주며 달래주면 좋으련만.

11월 5일

난 이제 참을 만큼 참았다. 나는 밥이 없어도 좋으니 그 주사기를 얻고 싶었 다. 나에겐 가진 것이 없다. 내가 경매에 내놓은 집도 헐값에, 거의 공짜나 다름 없는 가격에 팔렸으니, 주사기를 사기란 역부족이었다. 나는 갈 곳을 잃었다.

11월 6일

드디어 있을 곳을 찾았다. 이웃집 타릴르의 집이다. 너무 안락하고 좋다.
이제 주사기만 구하면 되는데……. 타릴르가 없을 때 집을 한 번 뒤져야 겠다.

11월 7일

혼나고 쫓겨날 뻔 했다. 그도 나처럼 혼자 사는데 좀 돕고 살면 안 되나?

그깟 오르골이 뭐라고. 그런데 그것 하나가 얼마나 가치가 높은지, 주사기를 3개나 얻었다. 그리고 요즘 따라 전당포 주인이 나에게 무척 잘해주는 것 같아서 기분이 좋다.

11월 10일

타릴르의 짐과 집 모두를 경매로 팔아버렸다. 돈이 꽤 나와 며칠은 쓸 수 있을 정도의 양을 구입했다. 타릴르가 있었다면 분명 뭐라 했겠지만 그는 어제 죽어버렸다. 내가 죽인 걸지도 모른다. 내가 주사기 2개를 모두 꽂았던 어제, 나는 정신 없이 돌아다니다가 타릴르가 나에게 또 화를 냈다. 그리고 난 옆에 있는 것을 다 던져버리고 정신을 잃었다. 오늘이 되자, 타릴르는 피를 흘리며 쓰러져 있었고 온갖 호리병들과 유리 파편들이 흩날려 있었다. 다른 사람이 알게 된다면 나를 끌어다가 아빠가 죽게 된 곳에 넣을 것을 난 직감했다. 그래서 난 방금 인근 야산에 묻어놓고 왔다. 솔직히 지금 굉장히 불안하다. 더군다나 이제 집도 없으니 다시 다른 집을 찾아야겠다.

돌이킬 수 없는

다시 찾아 들어간 집은 고요했다. 사람이 없는 것 같다. 한 발 한 발 발을 옮길 수록 무슨 소리가 들렸다. 노래? 방을 들어서자 소리가 말끔히 들렸다. 낡은 레코드 판이었다. 아직도 레코드 판이 있다니 놀라울 따름이었다.

레조 세레스 – Gloomy Sunday ; 검은 일요일.

레코드 판의 중앙에 이렇게 쓰여 있었다. 노래는 왠지 모르게 우울했다. 그리고 끼익 거리는 소리에 놀라 옆을 쳐다보니, 그 광경은 가히 충격적이었다. 어떤 여자가 숨만 간신히 붙은 채 목을 매달고 있었다. 아, 그래서 내가 이렇게 들어와도 반항 한번 없이 조용했구나. 여자의 얼굴은 잘 보이지 않았다. 내가 구해줄 생각은 없었지만 얼굴은 보고 나서 떠나는 모습을 보고 싶다. 조금 나빠 보여도 그 여자의 운명을 내가 비틀어 놓을 수는 없는 노릇이려니, 난 그렇게 생각했다. 그 여자가 고개를 조금 들더니 날 쳐다보았다. 맙소사…… 마론느였다. 나는 너무 놀라 그 자리에서 꼼짝할 수 없었다. 내가 혼란에 휩싸인 사이 마론느의 숨소리는 어느새 멎어 있었다. 나는 노래를 듣고 있자니 더욱 우울해졌다. 내가 가지고 있는 모든 주사기를 꺼내 내 팔, 다리에 마구 꽂아 주사기 안의 약물을 투입했다. 기분은 좋아졌지만 되돌릴 틈도 없이 나는 빠르게 의식을 잃어갔다.

'얼른…… 일기를…….'

얼마 남지 않은 의식 속에 볼펜을 붙잡았지만, 정신까지 붙잡을 수는 없었다. 그리고 더 이상 이 방에서의 숨소리는 들을 수 없었다.

후기

　제가 이 글을 쓰는 데에는 정말 많은 노력과 시간이 든 것 같습니다. 하지만 늘 그 노력과 시간에 성과가 비례하지 못해서 아쉽고 미련이 남아요. 그래서 그 고민을 털어놓으면, 동아리 선배님이나 선생님께서는 글을 짧게라도 많이 써 보라고 하셨는데, 제가 그 말을 듣지 않았더라면 정말 후회했을 것 같아요. 짤막하게 글을 쓰니 한 번 빨리 보고 수정하기에 편리했어요. 그러다 보니 자연스레 글 실력도 늘었어요. 물론 지금 아주 잘 쓴다는 것이 아니라, 멀리 봤을 때요. 아직은 부족하지만 계속해서 글을 쓰면 좋을 것 같아요.

절대온도 OK
백예진

1

아주 먼 옛날, 어렸을 적. 거의 11살쯤 되려나? 나는 그때까지만 해도 아주 활발하고 선생님들이 칭찬하는 사내대장부였다. 그러던 어느 날, 아빠가 사라졌다. 암으로 엄마가 세상을 떠난 지 몇 년이 되지 않던 해였는데, 나는 순식간에 나에게 있어 가장 큰 것을 잃은 것이다. 고아원의 선생님들은 여행 갔다, 잠시 떠난 거다, 나를 위로했지만, 사실 나는 알고 있었다. 얼마 전, 아빠가 먹고 있던 약의 정체를. 하얀 통에 담겨 있는 하얀 약은 마치 병원을 연상시켰고, 어렸던 난 호기심이 많았다. 그리고 그 약은……. 내가 알지 말았어야 했다. 아빠는 자신이 곧 죽는다는 것을 아들에게 들키고 싶지 않았겠지. 그리고 주변에선 내가 우울증에 걸리지 않을까 우려의 목소리도 나왔다. 그럴 때, 나에게 다가온 사람이 석훈이었다. 그 아이는 어딘가 아픔이 있어보였지만 내색하고 싶지 않은 뉘앙스였다. 나도 그 아이의 자존심을 지켜주고자 집안 사정을 묻지 않았고, 그 역시도 나에게 묻지 않았다. 그 이후로 우리는 급속도로 친해져 갔고 같은 학교, 장래를 희망하기 시작했다. 그리고 그와 내가 같은 학교 진학에 성공하고 우리 둘만의 소소한 파티를 열었다. 그때 석훈이는 나에게 의미심장한 말을 남겼다.

"우리 꼭 같이 죽자. 누가 먼저 죽어서 눈물 흘리고 그러는 거, 나는 그게 정말 싫더라. 내가 먼저 죽는다면 날 위해 네가 흘리는 눈물이 난 더 슬플 거야."

난 왜인지 모르겠지만 무엇인가 모르게 먹먹해져 대답을 하지 못했다.

2

'2103년 1월 21일 일요일. 오전 6시입니다.'

"시끄러운 자식."
나는 눈을 비비며 일어났다. '으, 추워.'

'현재온도는 영하 13℃입니다. 바람은 강하게 불 것이며 폭설이…….'

나는 빠르게 출근할 준비를 했다. 창밖을 보니 온통 눈이다. 남부 지방에서 이런 폭설을 마주하다니. 원래 출근 시간은 9시까지인데, 눈이 워낙 많이 오고, 남부라 폭설 대비책이 없어서 25분 거리를 1시간 30분에 걸쳐서야 간다. 아까운 내 달달한 수면 시간.

'빠앙. 빠앙.'
경쾌하다 못해 내 귀에 가시처럼 박히는 경적 소리. 옛날에는 경적 소리가 좋다며 아빠에게 계속 눌러달라고 떼를 쓰던 때가 있었지. 잠시 옅은 미소를 짓다가, 지금은 이게 문제가 아니지. 당최 날씨가 이러니 제대로 근무할 수도 없다. 이놈의 날씨는 왜 아직까지도 이 모양인 거야……. 그때, 문자 한 통이 왔다.

[국민안전처] 긴급 재난 문자
1.21일 6시 서울 전지역, 경기도, 강원도 일부 지역 폭설 경보.
1.21일 8시 부산 전지역, 남부 일부 지역 폭설 주의보.
모두 야외활동을 삼가 주시고, 안전에 유의해 주십시오.

헐. 순간 괜히 나왔나 싶었다. 다시 운전에 집중하려다가, 회사에서 무슨 연락이 없나 다시 메시지함에 들어가려는 찰나.

'띠링.'

한석진 상무. 방금 회의에서 당분간은 휴직기에 들어가자고 결론이 났다. 이제 다른 사원들에게도 문자가 갈 거야. 그리고 곧 있으면 각 회사들끼리 모여서 저번 웜홀에 대한 논의가 꽤 깊게 있을 예정이라더군. 그렇게 알고 있고, 시간과 장소는 다음에 알려주겠네. 주석훈 상무도 꼭 데려와주게.

나는 대충 대답을 얼버무리려 했지만 웜홀 이야기에 답장을 보낼 수밖에 없었다. 대충 적은 뒤 전송 버튼을 누르자마자 또 한 통의 문자가 왔다. 사장님이 말한 문자인 건가.

국가의 재난 주의보 문자와 더불어 현재 근무는 무리인 듯하니, 건강과 안전에 유의하시고, 야외활동은 잠시 중단하시길 바랍니다. 회사는 당분간 휴직기에 들어갑니다.
[Web 발신]

내심 이러다 뭘일 나는 건 아니겠지 하는 걱정과 이대로 해고당하는 건 아닌가 하는 걱정이 서로 뒤엉켰다. 그 사이에 은근 좋아하는 미소가 흘러나왔지만 나는 곧장 유턴 차로로 차를 옮겼다. 다들 연락을 받은 것인지 갑자기 유턴 차로에 사람이 많아진 것만 같았다.

집에 도착하자마자 내 귀에 들린 것은 뉴스 속보였다. 얼마 전, 들려온 뉴스 속보에 의하면 우주에서 어떤 웜홀이 발견되었다고 했다. 그 웜홀이 우리가 생각하는 웜홀인지는 정확히 모른다고 하는데 이번 속보가 그에 관련된 것이었다. 그 웜홀에 무인 우주 탐사선을 보내니 그곳에서는 눈에 보이지는 않지만 강력한 무언가가 흘러나왔다고 한다. 그런데 여기서 더 중요한 사실은 무인 우주 탐사선이 웜홀에 들어가자 통신은 곧바로 끊겨졌다는 것이다. 나는 이런 소설과도 같은, 아니, 나에게만은 소설처럼 다가왔던 과학적인 새로운 것들이 흥미롭지 않을 수 없었다. '웜홀, 웜홀……' 연신 '웜홀'을 중얼거리며 기사를 찾아보았다. 아직은 저번에 올라온 기사 외에는 별 시답잖은 얘기뿐이었다. 난 당장 내 소꿉친구이자 직장 동료인 석훈에게 전화를 걸었다. 우리 회사는 우주 사업 관련이라 직장 동료인 그라면 분명 심히 맞장구 쳐줄 것이다.

'뚜루루루루. 뚜루루루루. 덜컥.'

"어이, 아까 뉴스 봤어?"
"내가 너 그 말 할 줄 알았지. 내가 먼저 걸려던 참인 걸?"
"아니 요번에 웜홀에 대한 논의가 꽤 크게 열릴 건가 봐. 사장님이 너도 데려오랬어."
"아, 그럼 당연히 가야지. 언제데?"
"그건 미정이라서 다시 연락 주신대."

조금은 짧았던 통화를 끝냈다. 하, 이제 좀 쉬려나. 보일러를 틀었음에도 불구하고 집안에 냉기가 돌았다. 온도를 확인해 보니 그새 영하 15°였다. 요새 날씨가 점점 이상해져만 간다. 난 당장 컴퓨터를 켜 기사를 확인했다. 그새에 새로운 기사가 떴나 보다. 역시 기사 제목이 큼지막하게 적혀 있다.

'흔치 않은 남부의 폭설, 이 모든 것의 원인은 웜홀?'
'날씨 언제 풀리나……. 원인 알고 보니 웜홀?'

이쯤 되니 몇 분 전에 올라온 따끈한 기사들도 넘쳐났다. 이 정도면 그 회의 전에는 충분히 알아볼 수 있겠어. 아마, 그 회의엔 꽤나 박식한 사람들이 모여 논의하겠지? 난 말 한 마디 못 꺼낼 게 눈에 훤한데 많은 준비는 필요 없겠어.

'띠링.'

"사장님이시네."

웜홀에 대한 회의 시간은 내일 오후 1시로 잡았다. 급속도로 날씨가 변하는데 빨리 회의해서 해결해야 하지 않겠나. 제시간에 우리 회사로 오면 된다.

나는 이것을 석훈에게 알렸다. 조금이나마 조사해 오라는 말도 잊지 않았다. 내일을 위해 슬슬 또다시 준비해 볼까―.

'2103년 1월 22일 월요일, 오전 6시입니다. 현재 온도는 영하 20°입니다. 남부에 폭설 주의보 또는 한파 경보가 발령되었으니 외출은 삼가 주십시오.'

평소였다면 딱딱한 기계음에 눈살을 찌푸렸겠지만 오늘은 뭐든 신경 쓸 겨를이 없다. 나는 석훈이를 데리러 차에 시동을 힘겹게 걸었다. 온도가 계속 내려가니 차에도 무리가 가는 것 같다. 문자로 무심한 듯 '얼른 나와' 라고 문자를 보냈다. 곧장 나오는 석훈이. 눈길 위를 조심스레 달려 시간 안에 회사에 도착하기는 했다. 그곳에는 우리보다 먼저 온 사람이 생각보다 많았다. 각 회사의 회장 사장 또는 상무 모두 높은 직급이었다. 회의가 시작되었다. 제일 먼저 입을 연 건 어느 회사의 사장이었다. 모두들 별 생각이 없는 건 마찬가지인 듯했다.

"우리가 여기에 모인 이상, 뭔 대책을 세워야 할 겁니다. 상무, 웜홀에 대해 설명해 보세."

"어어, 네. 먼저, 이 웜홀이 생긴 원인은 아직 찾지 못했습니다. 지금 학계에서는 연구 중이던 고등 외계인이 의도적으로 만든 것이 아닐까 하는 추측도 난무합니다만, 지금으로써는 계속해서 흘러나오는 물질은 무엇이고, 그 웜홀은 어떻게 파괴하느냐가 관건입니다. 거기서 새어나오는 물질이 지구의 기온을 계속해서 낮추고 있거든요. 더불어 그 물질은 정확하게 지구로만 흘러들어옵니다. 그리고 어떤 학자는 공룡도 이와 같이 외계의 의도적인 웜홀 생성으로 죽었을 수도 있다고 주장합니다."

우리 회장님께서 물으셨다.

"우리 쪽에서는 이 문제를 해결하기 위해서라면 지원을 아끼지 않을 겁니다. 그 웜홀을 없앨 수는 없을까요?"

"그게 문제인데요……. 핵을 쏘아 명중시킨다고 해도, 웜홀이 없어질지는 미지수입니다. 오히려 상황이 악화될 수 있어요. 전에 보낸 탐사선도 감 감무소식이고, 누가 확인이라도 해주면 좋으련만……."

순식간에 정적이 흘렀다. 하지만 이내 누군가가 정적을 깼다. 바로 내 옆자리에서 조용히 경청하고 있던 석훈이었다.

"웜홀보다 더 큰 물체를 집어넣으려 한다면 웜홀이 사라지는 게 가능하지 않을까요?"

나름 일리 있는 말이었다. 나도 힘을 보태려 한 마디 했다.

"일리 있는 걸요? 여태까지 웜홀에 대한 자료도 없고 완전 도박판이나 마찬가진데, 한번 걸어보죠?"

그러자 타 회사 상무가 말했다.

"탐사선이 들어가는 걸로 보아 직경은 10미터가 넘고 주변 빛의 굴절도 계산해 보면 웜홀의 직경은 대략 30미터 가량일 것 같습니다."

"그럼 그것보다 큰 걸 만들면 되겠네요."

"그렇게 간단하지만은 않아요. 지금 타 국가들과도 연락을 취해야만 하고 미국이 우주선 보내는 것을 허락해 주어야만 해요. 더군다나 단기간에 그 모든 것을 만들기란 사실상 거의 불가능에 가까워요!"

"그럼 여기서 가만히 있다 죽으라고요?"

내 말에 모두가 고개를 떨구었다. 이번엔 석훈이가 나를 도왔다.

"이렇게 계속 회의하고 있을 시간 없어요! 지금 이 시간에도 기온은 낮아지고 있다구요!"

또 다른 회사의 회장님께서 명쾌하게 결론을 지어주셨다.

"상무, 얼른 외교부와 연락하여 빠른 기간 내에 처리하고 회장님, 시간이 없습니다. 지금부터라도 제작에 힘을 쏟아 주십시오!"

그 이후로 전 세계적으로 비상이 걸렸다. 물론 우리 회사도 비상이 걸려 다시 모든 직원들이 복직했다. 우리는 아예 처음부터 우주선을 제작하기로 결정하고 팀을 조직하였다. 회사의 모든 공장은 활발하게 움직였다. 중국, 미국, 러시아 등 너무나도 좋은 기술을 가진 곳이 많지만, 지금 극지방부터 점차 온도가 낮아지다 보니 우리도 가만히 있어서는 안 된다.

나는 무인 우주선 설계를 끝낸 후 제작팀에게 넘겼다. 그동안 나는 이제 더 이상 볼 수 없을지도 모르는 지구에 대해 일기를 써내려갔다.

'2103년 1월 25일 목요일. 나는 사실을 기록하기 위해 이 일기를 쓴다. 훗날 이 일기를 보게 된다면 그때는 연구가 더 활발하게 일어나 이 웜홀에 대해 풀어낼 수 있는 게 많아지겠지. 어느 날 생긴 웜홀에서는 알 수 없는 물질이 흘러나왔다. 처음에는 겨울이라 춥거니 했지만 비정상적으로 기온이 떨어지기 시작하자 우리는 대안을 세워 실행 중이다. 웜홀보다 큰 물체를 집어넣어 웜홀을 파괴하자는 것이다. 이것은 언제까지나 가설이고 확실치 않지만 지금으로서는 가장 설득력 있는 방안이다. 하루하루가 지날수록 더 추워진 느낌이 든다. 북극에서는 움직임이 전혀 포착되지 않는다고 하니……. 이미 북극과 남극, 극지방은 0K에 도달한 것 같다. 요즘은 또 러시아에서 우주선을 만들려다 계속 얼어붙는 일이 일어난다고 한다. 지금 상황으로 볼 때 러시아도 점점 0K으로 달려가고 있는 것 같다.'

3

오늘은 미국에서 첫 시도가 있을 예정이다. 우린 아직 미완성이기도 하고 기온이 계속 이런 추세로 떨어진다면 완성 전에 얼어붙고 말 것이다. 우리는 간간이 들려오는 소리와 화면으로 미국의 발사만을 초조하게 기다렸다. 이제는 인공위성까지 얼었는지 신호도 불안정하다. 제발 미국이 성공해 주길 모두가 한 마음으로 간절히 초를 셋다.

'4, 3, 2, 1…….'

커다란 금속 덩어리를 안은 우주선은 높게 솟아올라 우리 시야에서 멀어져갔다. 많은 먼지와 큰 불꽃을 날리며 굉음을 냈다. 이윽고 흐르는 정적.

'펑.'

멀리 날아가고 눈에는 보이지 않던 우주선이 점점 시야 들어왔다. 여기저기가 뜯긴 채 파편이 되어, 깊은 탄식이 여기저기서 터져나왔다.

'2103년 2월 2일 금요일. 오늘 미국에서 발사한 우주선이 폭발했다. 모두가 간절히 바랐는데, 결과는 오히려 희망을 짓밟는 듯했다. 모두들 비참한 상황에서 넋을 놓은 것처럼 보였지만 그럴 새도 없이 웜홀 파괴에 힘을 써야만 했다. 그리고 러시아는 이미 시간이 멈춘 지 오래 북유럽 일부도 얼어붙었다. 애초에 남반구와는 통신이 이루어지질 못했다. 앞으로는 중국이 어떻게 상황을 꾸려나갈지가 관건인데, 부디 잘해 주길.'

잠시 우리의 일에는 소홀해진 것 같은 나를 약간 반성하며 계속 일을 진행했다. 그런데 그때였다.

'삐이―. 삐이―.'

갑자기 비상벨이 울렸다. 모두 이리저리 당황한 기색이 역력했고, '무슨 일이야' 하며 웅성거렸다. 그리고 그때 누군가 소리쳤다.

"중국이 우주선을 쏘아 올린대!!!"

뜬금없이 이게 무슨 소리람. 이제 막 미국이 실패했는데 연달아 발사하겠다니? 더군다나 공식적으로 알려지지도 않은 상황이었다. 모두들 TV, 라디오 등 소식을 알 수 있는 대중매체 앞으로 모여들었다. 갑자기 중국이 쏘아 올린다는 것은 우주선이 아니었다. 그것은 다름 아닌 미사일이었다. 아직 웜홀에 대해 불확실한 상황에서 미사일을 쏜다니. 말도 안 돼. 일부러 멀리 날아가지만 피해는 적은 미사일을 사용했다고 해도 그 결과는 장담할 수 없었다. 그리고 잠시 후, 미사일이 발사되었다. 궤도 진입이 달라질 때마다 심장을 부여잡았지만 웜홀까지는 무사히 도착했다. 이제 결과만을 기다리는데…….

4

갑자기 회장님이 긴급 소집 회의를 여셨다. 그리고 첫 입을 떼는데…….

"어……. 정말 안타까운 소식이 아닐 수 없습니다. 중국이 멋대로 미사일을 쏘는 바람에 웜홀의 입구가 아주 조금 늘어났다고 하니……. 그리고 무엇보다 안타까운 것은…….."

회장님은 이상하게도 쉽사리 말을 잇지 못하셨다. 무슨 문제라도 있는 걸까. 조금 생각하는 듯하더니 이내 차분히 설명을 이어나갔다.

"음. 우리가 무인 우주선을 쏘아 올릴 수 없게 되었습니다. 누군가는 희생

할 수밖에 없을 것 같네요.”

“무인 우주선을 만들 수가 없다니요. 정말 누가 가기라도 한다면 그 누군 가는 정말 죽습니다. 회장님!”

“한 상무, 지구 그리고 지구에 사는 모든 사람들을 위해 이 정도는 희생해야 마땅하지 않겠나. 지금은 소수보다는 다수를 보자고. 중국도 실패한 마당에 지금 전 세계가 우리만을 보고 있다네.”

“하……. 거기다 누가 자원을 합니까? 자기 죽을 길을 누가 선택하는…….”

“제가 하겠습니다.”

나는 놀라지 않을 수 없었다. 내 말을 끊고 죽는 길을 선택한 건 다름 아닌 석훈이었다.

아, 안 돼. 안 돼.

나는 이렇게 석훈이를 죽게 내버려 둘 수가 없었다. 나는 거의 성질을 부리듯이 말했다.

“너 미쳤어? 너 죽을 길을 왜 가!”

“다수를 위해 소수는 어쩔 수 없어.”

“그, 그럼, 나도 갈래. 난 너 혼자 못 보낸다. 나랑 같이 가. 같이 죽자며. 평생 같이 살다가 같이 가자며.”

난 어릴 적 못한 대답을 이제야 해본다.

“그 대답 내가 얼마나 기다렸는데. 하, 이렇게 가는 것도 나쁘진 않아. 내 선택으로 누군가를 살릴 수만 있다면.”

“그럼 이제 준비를 하게나. 보고 싶은 사람이 있다면 볼 수 있게 못 해주어 미안하네. 부디 지구를 살려주게. 우리에겐 너희가 희망이야.”

회장님이 말씀하셨다. 앞으로는 듣기 싫었던 회장님의 잔소리들도 그리워지겠지.

"후, 떨린다. 안 그러냐? 우리 진짜 죽을 수도 있어. 영영 서로를 못 볼지도 모른다고."

내가 이 말을 하는 순간 어렴풋이 석훈이가 눈물을 흘리는 모습을 보았다. 위로해 주고 싶었지만 나조차도 그럴 수 없는 처지였다. 우주선이 발화되기 시작했다. 내 몸에는 진동이 느껴지고 눈을 살짝, 아주 살짝 감았다. 몸이 붕 뜨고 이륙하는 순간, 나는 눈물을 흘렸다. 석훈이와 같은 감정을 느끼는 걸까. 나는 오로지 우주선에 내 몸을 맡겼다. 이게 다 지구를 위한 일이니까.

우주선의 고도는 점점 더 높아지고 바깥의 온도 역시 극도로 불안정해졌다. 웜홀까지는 대략 3분이면 도착. 우주선에서 몇몇 부품이 분리되어 떨어져 나가고 더욱 가속도가 붙었다. 석훈이와도, 지구와도, 모든 게 다 끝이구나. 엄마 아빠는 죽을 때 어떤 느낌이었을까? 눈앞에 웜홀이 보이는 순간 난 눈을 감았다. 몸이 점점 차가워지고 선체의 진동은 드세졌다. 시공간이 비틀어지는 듯 내 사지도 비틀어지는 것만 같았다. 선체가 웜홀에 끼여 찌그러지는 것인지 거의 박살 직전이었다. 그리고 석훈이의 외마디 비명을 들은 후 정신을 잃고야 말았다.

눈이 자연스레 떠졌다. 모든 것이 하얗고 몸이 공중에 떠 있는 것 같은 느낌이었다. 죽으면 이런 느낌인가 보네. 내 옆에는 석훈이가 누워 있었다. 그를 깨워 천국을 구경하면 좋으련만. 그런데 느낌이 좀 이상했다. 내 몸을 내가 움직이고 사고를 하고⋯⋯. 마치 살아 있는 듯했다. 아니, 난 살아 있었다. 내 앞에서 뛰노는 저 아이들⋯⋯ 뒤이어 석훈이도 깨어났다.

"잘 잤냐?"

"⋯⋯. 여기 어디야. 우리 죽었⋯⋯."

아직 대답이 온전치 않은 걸 보니 그도 정신이 없긴 없는 모양이었다. 그때, 하얀 가운 차림의 여성이 들어오더니 링거를 뽑아놓고서는 다시 가려고 했다. 나는 얼른 붙잡아 얘기했다.

"여기가 어디죠?"

"병원이에요."

"혹시 오늘이 몇 월 며칠인가요?"

"어디 보자……. 4월 1일이에요."

"2126년도?"

"환자분 왜 이러세요, 이번 년은 2127년도예요~."

"세상이 돌아온 건가요? 더 이상 춥진 않나요? 기온이 얼마죠?"

"네? 춥다니요~. 이제 봄인 걸요?"

그녀는 저번에 있었던 일에 대해 기억하지 못 하는 듯했다. 그때 석훈이가 물었다.

"방금 내가 뭐 잘못 들었냐?"

"……. 글쎄."

난 고개를 약간 저었다. 약간 혼란스러운 걸. 다른 사람들에게도 물어봐야겠다. 만약 기억을 못 한다면 원인은 도대체 무엇일까. 복도로 나가자 바로 보이는 아까의 여성과 같은 차림의 남성을 만났다.

"저기……. 혹시 작년이나 뭐 올해, 아니, 작년이요. 작년에 날씨가 이상했던 적이 있지 않던가요? 갑자기 온도가 뚝뚝 떨어진다거나."

"그런 적은 없었습니다만……. 환자분, 아직 돌아다니지 마시라고 담당 의사가 말 없던가요?"

석훈이와 나는 서로를 지그시 바라보았다. 이제 확실해진 거야. 저들이 기억 못하는 거야. 우린 암묵적으로 생각이 오갔다.

이제 이건 우리 둘끼리의 비밀로 간직하는 건 어떨까.

글을 마치며

　주제 잡기까지도 너무 오랜 시간이 걸려서 정작 글에는 신경을 덜 쓸 수밖에 없었던 것 같아요. 천천히 마음을 다잡고 막 쓰기 시작하려던 찰나, 마감이 앞당겨졌다는 소식을 듣게 되었거든요. 급하게 쓰고 수정하려고 다시보기에 제 글이 너무 부족한 것 같다는 느낌도 많이 들고요. 그런데 글을 쓰며 힘들다고 생각하진 않았던 것 같아요. 이 글의 주제, '절대영도.' 저에게는 정말 흥미로운 주제이고, 고등학생이 된다면 이런 것들을 중점적으로 공부해보고 싶기도 해요. 이런 열역학도 어찌 본다면 이런 식으로라도 글을 쓸 수 있었기에 관심을 더 쏟게 된 것 같아요.

　누구나 한번쯤은 이런 상상 해보시지 않으셨나요? 저는 어렸을 때 겁이 많았는지는 모르겠지만, 정말 상상의 한계가 없었던 것 같기도 해요. 어느 날 내가 이런 상황에 처하진 않을까? 그때 나는 어떤 조치를 취할까? 소설의 한 장면처럼 멋지게 해결하겠어! 뭐 이런 것들? 어쩌면 제 머릿속에는 이런 공상과학의 재난으로 차 있었는지도 모르겠네요. 옛날 저에게 있어 글은 하기 싫고, 힘들고, 어렵고……. 그런데 정말 거짓말처럼 제 인식이 바뀌어버렸어요. 저는 글을 쓰고 있는 지금이 정말 즐겁고 행복한 것 같아요.

져버린  꽃

안선민

벌써 오후였다. 하루의 절반이 지난 것은 이미 한참 전이었다. 애꿎은 책상만 연필로 치며 시간을 보냈다. 무의미한 시간이 얼마나 지났을까. 드르륵 — 거리며 문이 열리는 소리가 울려 퍼졌다. 그리 시끌벅적한 반이 아니었기 때문에 단번에 문 쪽으로 이목이 쏠렸다. 선생님은 긴 막대기를 들고 들어오며 휘휘 돌리듯 하더니 교탁의 끝 부분을 탁—하고 쳤다. 그러곤 입을 여셨다.

"자, 뒤로 넘겨."

가정 통신문이다. 몸을 돌려 뒤 친구의 책상에 한 움큼을 놔두었다. '수학여행 안내' 반 아이들은 그저 저 문구만 봐도 웃음이 내지어지나 보다. 안내서를 뚫어져라 읽는 친구, '야, 야'거리며 호들갑을 떠는 친구, 멀미가 심하다며 칭얼거리는 친구까지 모두 다 들떠 있었다. 대개 모두들 신나하는 것 같았지만 나는 그중에 포함되지 않았다. 괜히 풀이 죽어 종이의 끝부분을 만지작댔다. 어느 샌가 내 고개는 숙여져 있었다. 옆에 앉은 애가 내 어깨를 툭— 치며 물어왔다. 별로 친하지 않은 애였지만 그래도 고개를 들어 쳐다봤다.

"야, 너 배 타봤어?"

배를 타고 가나보다. 어차피 못 가는 거, 아니 안 가는 건가. 아무튼 그에 대해선 아무 관심도 없었다. 음, 내가 배를 타본 적이 있던가. 조금 뜸을 들이며 생각했다. 내 대답을 기다리는 것 같은 친구의 눈치에 애써 답했다.

"아니, 없어."

아, 정말. 나도 안 타봤는데. 그 뒤로 친구는 내 옆에서 주절거렸다. 사실 그 후론 나는 그 친구가 하는 말을 제대로 듣지 못했다.

무척이나 난감하다. 할머니와 둘이서 사는 나인지라 수학여행은 버거운 것이란 생각이 박혀서인가. 그렇다고 집안이 받쳐주는 것도 아니다. 앞서 말했듯이 할머니와 둘이서 지낸다. 지독히도 가난하게. 할머니는 폐지를 주울 때도 있고 이웃 아줌마 가게 일을 도울 때도 있었다. 그렇게 해서 할머니가 얻는 돈은 모두 생활비로 가기에 사치스러운 것들은 손에 쥘 수도 볼 수도 없었다. 게다가 정부에서 나오는 지원금은 거의 내 학업비로 들어갔다.

그런데 수학여행이라니. 몇 십 만원이나 나가는 여행이 아닌가. 그것도 나에게 사치스러운 것이었다. 어쩔 수 없이 통신문은 반으로 접어 가방에 넣었다. 그래도 통신문을 그대로 버리지 않은 것을 보면 조금은 가고 싶은 마음이 있나보다.

나는 중학생 때도 수학여행을 가지 않았다. 다들 서울로 갔을 때 나는 학교 도서실에서 자습을 했다. 며칠이 지나 친구들이 학교로 돌아왔을 때 근 며칠 간 계속 수학여행 이야기만 늘어놓았다. 저절로 소외된 나는 할 수 있는 게 없었다. 그저 고개만 숙일 뿐, 그때만큼은 내가 가난한 게 너무 싫었다. 숨이 턱 막혔다. 가난이 뭐라고, 수학여행이 뭐라고 이 교실에서 나는 무슨 생각을 하는지 몰랐다.

"부모님께 보여드리고 모레까지 동그라미 쳐 와라."

얼마나 생각을 한 것인지. 그제야 선생님의 목소리가 들려왔다. 점점 선생님의 목소리가 커졌다. 네ㅡ. 나 빼고 모두 대답했다. 활기찬 목소리로. 종이 울렸다. 야간자율로 남는 친구들이 대부분이다. 웅성거림이 커졌다. 야간자율학습을 하지 않고 할머니 일을 도우러 가는 나는 가방을 챙겨 학교를 나섰다. 문을 열고 나가는 나를 아무도 신경 쓰지 않았다. 집에 도착하자마자 오늘 나눠준 통신문을 꺼내 내 방 책상에 얹혀 있던 책들 사이에 끼워넣었다. 이러면 할머니가 못 보지 않을까.

* * *

창문 새로 환히 들어오는 햇빛에 눈을 찡그리곤 몸을 뒤척였다. 머리맡에서 시끄럽게 울리는 알람을 끄려 손을 이리저리 더듬거렸다. 곧 손에서 느껴지는 차가운 감촉에 알람을 끄곤 시간을 확인했다.

"아, 늦었다."

이미 일어나야 할 시각이 한참 지난 지금, 나는 허둥대며 방을 나섰다. 얼마 남지 않은 시간에 발을 동동거리며 손을 재촉했다. 허겁지겁 밥을 먹고 집을 운동장 트랙인 마냥 이리 뛰고 저리 뛰며 겨우 가방을 메고 집을 나섰다. 손목을 걷어 시계를 확인했다. 아니, 하려 했다. 손목을 보니 차고 있어야 할 시계는 온데간데없고 휑했다. 오늘 되는 게 별로 없다고 고개를 저었다. 그러곤 결국 시간은 확인하지 못 한 채 열심히 학교로 뛰어갔다.

"어, 왔어?"

거친 숨을 내뱉으며 고개를 끄덕였다. 정말 열심히 뛰어와 지각은 면할 수 있었다. 어제부터 친근하게 다가오는 옆 친구가 괜스레 신경 쓰였지만 친한 친구 한 명 있는 게 이상한 것도 아니니 그러려니 했다. 그런데 난 옆에 앉은 친구 이름도 모르네, 이미 같은 반이 된 지 한참 전인데 말이다. 이름을 물어보기엔 너무 무심한 애로 보일까 몸을 돌려 이름표를 봤다.

"야, 너 동의서 가지고 왔어?"

이름표를 보는 순간 고개를 돌려 나에게 말을 거는 바람에 흠칫 떨며 놀랐다. 이름이 세희네. 참, 세희가 나한테 뭐 물어봤는데. 내가 다시 물었다.

"응, 뭐라고?"

"수학여행 동의서 가지고 왔냐고."

"아, 동의서."

수학여행 동의서란 말에 살짝 뜸을 들이고 말하자 너도 안 가져 왔구나 하며 물어보는 세희에 애써 고개를 끄덕였다. 동의하지 않음에 표시를 해서

와야 하나 고민했다. 우리 분단 앞에서 동의서를 걷는 반장이 보였다. 어떡하지라는 생각을 하고 있었을까. 저만치 앞에 있었던 반장이 벌써 세희 앞에 서 있었다.

"아, 반장. 나 깜빡 했네! 내일 가지고 올게."

"알겠어. 내일 꼭 가지고 와."

아, 동의서 내일까지였구나. 나도 오늘 안 가지고 왔다고 해야겠다. 반장에게 내일 가지고 온다는 말을 하는 세희에 나도 반장에게 서둘러 말했다.

"반장, 미안. 나도 내일 가지고 와야겠다."

그래, 꼭 가지고 와. 하고 주의를 주고 뒤로 넘어가는 반장이었다. 오늘은 그냥 넘겼는데 내일 선생님한테 말해야겠다. 어느새 아침 자습시간도 훌쩍 지나간 후였다. 수학여행 동의서 하나 때문에 아침부터 축 처지는 느낌이었다. 종이 울렸다. 종이 치는 소리가 들렸음에도 불구하고 멍하니 자리에만 앉아 있었을까, 세희가 나를 툭, 툭 치며 1교시 이동수업이라 앉아 있을 시간이 없다며 재촉한 덕분에 시간에 맞춰 교실에 들어설 수 있었다.

수학여행이라, 한 번도 가본 적이 없으니 궁금하기도 하고 들뜬 친구들을 보니 내심 가고 싶은 마음도 있긴 있었다. 수학여행 생각만이 머릿속을 꽉 채웠다. 선생님은 열심히 설명을 하고 있었지만 무슨 내용인지 하나도 귀에 들어오지 않았다. 수업에 집중해야 된다는 것은 나도 잘 알고 있었지만 대체 집중을 할 수 있어야 하지. 뒤에서 수학여행 때 무슨 옷을 입을지, 숙소에서 뭐하고 놀지 잡다한 이야기를 펼쳐 놓은 덕에 나조차 그에 이끌려 수학여행 생각만 한참을 했다. 이내 선생님이 무얼 적어라 시킨 것인지 뒤 친구들에게 주의를 준 것인지 사각사각거리는 소리만이 교실을 채우고 있었다. 옆에 앉아서 열심히 글을 쓰고 있는 세희에게 물어볼까 생각도 했지만 괜히 방해를 하는 것 같아 턱을 괴곤 창문 밖을 쳐다보았다.

＊＊＊

선생님의 종례가 끝났다. 여느 날과 같이 난 가방을 쌌다. 야간자율학습으로 남는 세희가 손을 흔들며 인사를 했다. 나도 그에 웃어주며 교실을 나섰다. 오늘따라 왠지 집으로 가기 싫어졌다. 괜히 발치에 걸리는 돌을 톡 굴리며 걸어갔다. 데구루루, 굴러가는 돌에 잠깐 서서 돌만 쳐다보고 있다 고갤 들어 거리를 쳐다보니 저 앞에 폐지를 접고 있는 할머니가 보였다.

"할머니!"

큰 소리로 할머니를 불렀다. 조금 거리가 있어 할머니에겐 부르는 소리가 들리지 않았는지 몇 번을 더 불렀을까 할머니가 나를 쳐다봤다. 나는 손을 크게 휘적거리며 빠른 걸음으로 할머니에게 다가갔다.

"어이구, 우리 민주 왔네."

할머니는 얼른 폐지를 수레에 담아 끈을 꽁꽁 쌌다. 앞 수레를 끄는 공간에 할머니가 들어서려고 하자 내가 그 행동을 막았다.

"에이, 가는 길에 만났는데 내가 끌어야지."

매일 수레를 끄는 할머니의 허리가 오늘따라 더욱 고되 보였다. 학교에 있을 때 대부분 폐지를 줍는 터라 내가 도와주지 못했는데 이럴 때라도 도와야지, 하는 마음이 컸다. 할머니가 나를 말리긴 했지만 나의 완강한 태도에 할머니가 그럼 오늘은 편하게 갈 수 있겠네. 하고 웃으셨다. 가방을 수레 위에 얹혀 놓곤 수레를 끌었다. 묵직한 느낌에 힘이 조금 들었다. 할머니는 뒤에서 수레를 밀어주는 듯했다. 한참을 걸어가다 할머니가 말을 꺼냈다.

"민주야."

"응?"

"너희 학교는 수학여행 안 가니?"

순간 수레를 끄는 몸짓을 멈췄다. 당황스러웠다. 사실대로 말해야 될까. 고민을 하던 중 할머니가 계속 말을 이어갔다.

"저번에도 민주는 수학여행 안 갔는데 이번에는 가야지. 친구들도 다 갈 텐데."

어쩌지. 할머니가 동의서를 봤나. 뭐라 대답할지 몰라 묵묵히 수레만 끌고 있었다. 수학여행을 갈려면 돈을 많이 내야 되는 걸 할머니는 알까. 생각만 이래저래 하다가 다시 되묻는 할머니의 목소리에 대답했다.

"이번에 가긴 하는데 난 안 갈려고."

괜찮아, 고등학생이라 안 가는 친구들도 꽤 있어. 사실대로라면 거의 다가는 수학여행이지만 할머니가 괜히 걱정할까 거짓말을 살짝 보태 말을 했다.

"그래도 마지막으로 여행 가는데 너도 가봐야지."

할머니는 나를 수학여행에 보내고 싶어하나보다. 그래도 한 번 가는데 얼마인데. 차라리 그 돈으로 할머니 옷 하나 사는 게 얼마나 좋을까. 애써 괜찮다는 티를 내보였지만 할머니는 내가 수학여행에 가길 바라는 눈치였다. 가지 않아도 된다고 몇 번이나 말을 했지만 먹히지 않아 그냥 수레만 끌며 집으로 향했다.

할머니는 이제 됐다며 먼저 들어가 보라고 말했다. 나는 가방을 다시 들고 집 안으로 들어갔다. 서둘러 방안의 책을 뒤적거렸다. 할머니가 동의서를 발견한 건 아닌지 흐트러진 책도 동의서가 끼여진 것도 전부 그대로였다. 동의서만 하염없이 바라보고 있는 도중 할머니가 내 방문을 열고 들어왔다. 그러곤 내 손을 꼭 잡으며 말을 했다.

"민주야, 그래도 친구들도 가고 그러는데 너만 안 가면 쓸쓸하잖니. 돈은 충분하니깐 그건 걱정 말고 다녀와라."

손을 매만지며 간절하게 말 하는 할머니인데 여기서 거절하면 할머니가 속상해 할 것 같아 그럼 간다고 대답했다. 그러자 할머니는 웃으며 내 방을 나갔다. 할머니가 나간 뒤에도 방 안에서 우두커니 서 있었다. 내가 수학여행이라니, 몽글몽글한 기분이 떠올랐다. 다시금 아까 본 동의서를 쳐다봤다. 까만 펜을 들고 동의함에 동그라미를 쳤다. 웃음이 지어졌다. 친구들이 왜 이리도 들떠했는지 조금은 이해가 갔다. 오늘 밤은 잠이 잘 올 것만 같은 기분이었다.

＊＊＊

집을 나서기 전 몇 번이고 가방 안의 동의서를 확인했다. 신발을 신고 좋은 기분으로 현관문을 열어 재꼈다. 오늘은 손목시계도 차고 나왔다. 천천히 걸어가도 넉넉한 시간에 여유롭게 등교를 했다. 학교를 도착해서 자리에 앉자 일찍이 와 있는 세희가 먼저 인사를 건넸다.

"오늘은 빨리 왔네."

그에 웃으며 고개를 끄덕이곤 가방을 뒤적거려 동의서를 손에 쥐었다. 동의서를 책상 위에 올려놓고 세희에게 내가 먼저 말을 했다.

"동의서 들고 왔어?"

"당연하지."

세희가 대답을 하며 동의서를 팔랑거렸다. 동의서를 걷으러 우리 앞으로 온 반장에게 동의서를 건네고 세희와 수학여행을 간다는 부푼 마음과 함께 이야기를 이어나갔다. 어제만 해도 수학여행이라는 생각에 우울하기만 했었는데 고작 하루 만에 웃으며 이야기를 하는 나를 보니 내가 생각해도 조금 웃겼다. 어제는 수학여행에 무슨 옷을 입고 갈지, 숙소에서 뭘 할지 라는 주제의 이야기가 참으로 쓸데없는 이야깃거리로 느껴졌는데 내가 막상 해보니 정말 끝도 없었다. 결국은 선생님께 주의도 받았다. 그러나 주의를 받았음에도 들뜬 마음은 사라지지 않았다. 다음 주까지 어떻게 기다리나 난생처음으로 기쁜 고민도 해보기도 했다. 어서 수학여행을 가고 싶은 마음으로 가득 차 버렸다.

***

벌써 수학여행을 가는 날이었다. 평소보다 한창 이른 새벽에 눈을 떴다. 어제 이미 챙겨놓은 짐들을 보니 정말 내가 수학여행을 간다는 것이 실감이 났다. 준비를 마치고 나가려하는 찰나에 할머니가 배웅을 나와 인사를 건넸다.

"몸조심하고 잘 다녀와라."

"네, 잘 갔다 올게요!"

할머니와 인사를 끝마친 후 학교로 짐을 이고 걸어갔다. 가방이 무거운 감이 있었지만 들뜬 기분이 그다지 무거운 것에 신경 쓰지 못했다. 학교 정문이 보이자 운동장에 옹기종기 모여 있는 학생들이 보였다. 조금 더 빠른 걸음으로 걸어가자 우리 반 친구들도 보였다. 운동장으로 들어서자 학생들이 떠드는 소리와 인원 확인을 하는 것인지 이름을 불러대는 선생님의 목소리가 섞여서 들려 왔다. 저쪽 끝에서 세희가 손을 크게 흔드는 것이 보였다. 세희를 부르며 세희 쪽으로 다가갔다.

"우리 버스에서 같이 앉자!"

"그래."

세희가 말하고 내가 대답했다. 줄을 맞춰 선생님의 말씀을 들으며 조금서 있다. 앞 반부터 버스에 타기 시작했다. 이윽고 우리 반이 버스에 탔다. 조금 뒤쪽에 세희와 내가 자리를 잡았다. 이 버스는 배를 타는 곳으로 간다고 언뜻 들었다. 버스 안을 둘러보니 아침에 못 잔 잠을 청하는 친구들, 사진을 찍는 친구들, 들뜬 기분으로 이야기를 하는 친구들로 가득했다. 물론 세희와 나도 기대된다며 수다를 떠는 것은 당연했다. 버스가 가는 동안 제주도에 대해 찾아보기도 하고 같이 노래를 듣기도 했다.

그렇게 얼마나 시간이 지났을까 다 왔다는 선생님 목소리에 짐을 챙겨 버스에서 내렸다. 상쾌한 공기에 숨을 한번 들였다 내쉈다. 멀미를 심하게 하는 나는 머리가 약간 어지러운 듯했다. 곧 괜찮아 지겠지, 하며 걱정은 접어두었다. 그러고 가방을 다시 메고 선생님을 따라갔다. 바다가 옆에서 넘실넘실 거렸다. 탁 트인 바다에 기분이 좋았다. 항구를 따라 줄지어 배들이 있었다. 우리가 탈 배인지 앞에서 다시 한 번 줄지어 학생들을 세웠다. 눈앞에 보이는 바다 때문인지 더욱 가슴이 콩콩대는 것 같았다.

"저기 앞에 계단 따라 한 줄씩 올라가라."

선생님의 말이 끝나자 웅성웅성 대며 한 줄씩 배 안으로 들어가는 계단을 올라갔다. 배 안으로 들어가니 정말 유람선은 유람선인지 호화로운 내부가 눈에 들어왔다. 우리는 배가 도착지로 갈 동안 쉴 수 있는 객실로 움직였다. 객실에 들어서자 아이들이 제각기 흩어져 제 할 일들을 했다. 세희와 나도 객실 한 구석에 자리를 잡아 앉았다. 배가 출발한 것인지 큰 소리가 나며 선체가 조금 흔들리는 듯했다. 이에 창문 쪽에 붙어 바다를 쳐다보았다. 파랗게 쭉 퍼져 있는 것을 보니 기분이 묘했다. 처음 보는 광경이라 그런지 눈을 뗄 수 없었다. 옆에 있던 세희가 말을 걸었다.

"나 머리가 어지러워서 갑판에 올라가 있을게. 올라 올 거면 올라와."

"응, 그래."

세희가 갑판으로 올라간 후 나는 다시 아까 앉아 있던 곳으로 가 휴대전화를 꺼내 할머니한테 연락을 보냈다. 그러곤 얼마나 휴대전화를 잡고 있었을까 크게 요동치는 선체에 이상함을 느꼈다. 원래 이동할 때 이렇게 흔들리는지 의문이었다. 머리가 어지러웠다. 벽 쪽으로 붙어 등을 기대앉았다.

다시 한 번 쿵 울리는 선체에 나 혼자가 아닌 모두들 이상함을 느꼈는지 웅성대는 소리가 커졌다. 사고가 난 것이 아닐까, 설마 하는 생각이 떠올랐다. 선체가 약간 기울어진 듯한 느낌이 들었다. 이윽고 선생님의 목소리인지 구명조끼를 챙겨 입어라는 소리에 허둥지둥 구명조끼를 챙겨 입었다. 설마 하는 생각이 정말 사실이었던지 물놀이 할 때만 입었지 도통 입어 볼 수 없었던 구명조끼를 입게 되었다.

"어떡해, 우리 죽는 거 아니야?"

"야, 무슨 말을 해도 그런 말을 하냐. 구출해 주겠지."

저쪽 한편에서 말하는 소리가 들려왔다. 내심 불안한 마음에 짐을 놔두는 곳인지 모를 공간에 들어가 앉았다. 아까 든 느낌이 진정 맞았던지 점점 선체가 기울고 있었다. 더욱 커진 불안함에 손만 만지작대고 움직이지 않고 있자 안내 방송이 객실 전체에 울려 퍼졌다.

'선실에 있는 승객 여러분, 잠시 사고가 발생하였으니 승객 여러분들은 가만히 선실에 있어주시길 바랍니다. 다시 한 번…….'

가만히 있어도 될까라는 의문이 들긴 했지만 이 상황에서 움직이기도 힘들 것 같아 안내 방송을 따르기로 했다. 한참동안 가만히 앉아 있기만 했다. 구명조끼를 더듬거렸다. 왜 인지는 모르겠으나 그때서야 난 살아야 한다는 생각이 머릿속에 가득 찼다.

이미 기울어질대로 기울어진 선체. 발 디딜 곳을 눈으로 찾아갔다. 내가 앉아 있던 쪽의 나무기둥을 꽉 잡았다. 고개를 돌려 바깥을 보려하니 아까 구경했을 땐 저 아래에서 보이던 바닷물이 창문가에서 찰랑거리고 있었다. 애써 무시하며 한발 한발 조심스레 위쪽으로 옮겨갔다. 손에 힘이 들어갔다.

휘청거리는 선체. 이에 곧 나도 휘청거리며 넘어질 뻔했다. 몸이 숙여진 채로 방 문턱 올라온 부분을 힘껏 잡았다. 다리가 부들부들 떨렸다. 이 손을 놓으면 벽에 부딪힐 게 뻔했다. 힘을 준 손에 아픔이 전해져왔다. 하지만 그 아픔은 살아야 한다는 생각까지 영향을 미치지 못했다. 마음을 굳게 쥐고 한 발자국씩 걸음을 뗐다. 겨우 복도 쪽으로 몸을 옮겼다. 숨을 크게 내셨다. 기울어진 벽 쪽으로 몸을 기댔다. 발갛게 변한 손을 쫙 폈다 쥐었다를 반복했다.

그제야 아까 갑판으로 올라가다던 세희가 머릿속을 스쳤다. 곳곳에서 들려오는 울음소리가 귓가에서 '웅, 웅'거리며 자꾸만 맴돌았다. 아직 객실 안에 있나, 얼른 나와야 할 텐데. 고개를 빼 이리저리 살피자 객실 안에 있는 친구들도 몇 몇 있는 듯했다. 나처럼 복도에서 불안한 표정을 짓고 있는 친구들도 더러 있었다. 바깥으로 빠져나가는 문 쪽으로 걸어 나갔다. 벽을 지지대로 삼고 옆쪽으로 걸어 나가니 휴대폰을 들고 울고 있는 친구, 횡설수설하며 애써 현실을 부정하는 친구들이 눈에 보였다. 이런 건 내가 바란 것이 아니다.

"그냥, 그냥……."

말문이 턱하고 막혔다. 울음이 턱 끝까지 차올라버렸다. 울고 싶지 않은데, 울면 더 이상 움직이는 것조차 못 하는 것이 아닐까. 헉, 헉 거리며 숨을 내셨다. 이대로 내가 물에 빠져 죽는 건가, 불현듯 절망적인 생각마저 떠올랐다. 긴장을 준 다리에 힘이 빠져 픽하고 주저앉았다. 그와 동시에 선체가 마구 흔들렸다. 덜컹하며 더욱 기울기가 심해졌다.

토기가 올라 올 것만 같았다. 물이 차오르는 소리가 들리는 듯했다. 순간 확 끼치는 무서움에 두 팔로 몸을 감싸 떨림을 막았다. 그래도 덜 덜 떨려오는 몸을 막을 순 없었다. 살고 싶다는 생각이 간절히 들었다. 손으로 옆 바닥을 짚었다. 눈물이 났다. 몸이 차가웠다. 목이 메어서 움직이는 걸 멈췄다. 눈앞도 아른아른 거렸다. 손으로 눈가를 벅벅 닦았다. 싫었다. 모든 게, 내가 여기 있다는 것도 싫고 이대로 죽는 건가라는 생각을 하는 나도 싫었다.

등 쪽에서 느껴지는 차가움에 소름이 확 끼쳤다. 그 때문에 화들짝 놀라며 등을 벽에서 뗐다. 물이 보였다. 퍼런 물이 차오르고 있었다. 전해져오는 두려움에 옆으로 몸을 옮기는 듯했지만 몸이 잘 움직여지지 않았다. 등에서부터 젖는 느낌이 나를 감쌌다. 이 느낌이 싫어 이리저리 몸을 틀었지만 물은 점점 차올랐다. 물 때문인지 너무 추웠다.

할머니 생각이 났다. 갑자기 슬퍼져 펑펑 울 수밖에 없었다. 허리께까지 올라온 물이었지만 할머니가 너무 보고 싶었다. 거칠게 숨을 내뱉었다. 구명조끼 덕분인지 몸이 붕 뜨는 느낌이었다. 물이 너무 차가웠다. 살려달라는 처절한 비명소리가 들려왔다. 무서웠다. 정말 죽는구나. 죽는다는 걸 생각조차 해보지 않은 내가 죽는 것을 깨달아버렸다. 이미 가슴언저리까지 올라온 물이었다. 갑판 위에 올라간 세희는 꼭 구출되었을 것이다. 그래야만 한다. 빠르게 목까지 물이 차올랐다. 눈을 꼭 감았다. 숨이 벌써부터 턱 하고 막혔다. 살고 싶었지만 내가 어쩔 도리가 없었다. 선체와 함께 나를 옥죄어 오는 물도 요동쳤다. 손을 허우적댔다. 벽에 쿵하고 부딪혔다. 어깨와 팔이 너무 아팠지만 숨이 셔지질 않았다. 물이 나를 가뒀다. 목에 손을 가져다 댔다. 콜록대며 숨을 쉬어 보고 싶었지만 그렇게 되지를 않았다. 정신을 잃을 것만 같았다. 머리가 어지러웠다. 이젠 정말로 견디기 힘들다. 물과 함께 녹는 기분과 함께 정신을 잃었다.

일어나면 이 모든 것이 꿈이면 얼마나 좋을까, 할머니가 나를 깨워줬으면 좋겠다.

글을 마치며

주제는 세월호로 잡게 되었습니다. 수학여행을 안 가길 원하던 학생이 할머니가 보냈다며 모두 내 탓이라고 하며 울던 할머니를 본 적이 있었는데 그것이 문득 생각나 이 글을 쓰게 되었습니다. 당사자의 아픔을 꺼내는 글이기에 조심스러웠습니다. 그러나 그럼에도 불구하고 이 주제로 글을 쓴 이유가 있다면 이들을 기억하고 싶어서입니다. 조금 더 이야길 잘 풀어나가고 싶었지만 뜻대로 잘 되지 않은 것 같습니다.

이번 글을 쓰며 세월호 희생자, 유가족의 슬픔을 더 알게 된 것 같아 글 쓰는 동안 알 수 없는 감정에 휩쓸리기도 했습니다. 수많은 사람들이 눈물을 흘리고 모두가 같이 슬퍼한 세월호, 잊지 않았으면 좋겠습니다.

멍

안선민

1

"아니야! 산타할아버지 있어. 우리 엄마가 있다고 했어!"

거의 울 듯한 표정으로 소리쳤다. 내 주위에는 아마 내 또래 같아 보이는 남자아이들이 둘러싸고 있었다. 그중 한 명, 기훈이 무서운 표정을 하며 내 앞으로 점점 다가왔다. 나는 기훈을 쳐다보며 떨기 시작했다. 한 걸음씩 다가오자 나는 떨며 뒷걸음질 쳤다. 신음소리를 냈다. 눈에 눈물이 고였다. 이리저리 흩어진 장난감에 걸려 그만 엎어지고 만 것이다. 더듬거리며 다가오지 말라고 소리쳤다. 목소리에는 두려움이 잔뜩 서려 있었다. 그럼에도 기훈은 내 앞에 쭈그려 앉아 나를 쳐다봤다. 화가 난 건지 인상을 팍 찌푸리며 내 어깨를 툭 쳤다. 결국 울음이 터졌다. 우는 내 모습을 보며 기훈이 피식 웃자 난 성급히 흐르는 눈물을 닦았다. 울음을 끅, 끅거리며 삼켰다.

"야, 자꾸 엄마타령. 너도 알잖아. 네가 왜 여기 있는지. 몰라?"

"……."

내가 물음에 아무 답이 없자 기훈이 아까완 다른 섬뜩한 표정을 지었다. 더욱 높아진 어조로 말을 이어갔다.

"너도 그렇고 나도 그렇고. 엄마가 아니, 부모가 우리를 버린 거지. 근데도 넌 엄마가 아직도 너를 기억할 것 같니?"

"…… 아냐, 우리 엄마는 나 데리러 온다고 했어."

"넌 아직도 그 뻔한 거짓말 속에서 놀아나고 있구나. 참, 매일 봐도 넌 바보 같아."

나는 듣기 싫어 고개를 내저었다. 사실 엄마는 그런 말을 한 적이 없다.

혹시나 하는 마음으로 엄마가 말을 해주진 않았지만 엄마도 나를 데리러 오고 싶어 하지 않을까하는 마음으로 말을 뱉은 것이었다. 하지만 확인 사살을 시켜주듯 나를 매섭게 노려보며 바보 같다는 말을 한 기훈이 너무 미웠다. '그래도 나는 버려진 게 아니야. 쟤네들이랑 달라.' 난 속으로 중얼거렸다.

기훈도 무얼 생각하는 듯 입을 다물고 가만히 내 앞에 서 있기만 했다. 아마 자신의 부모 생각이 아니었을까. 그러곤 기훈이 한참 동안 가만히 있다 흠칫 떨었다. 이윽고 기훈은 수그러들었던 화가 다시 치밀어 올라 입술을 잘근잘근 깨물며 주먹을 꽉 지었다. 기훈이 부들부들 떨었다.

그런 기훈을 보며 다시 겁을 먹은 나는 앉은 상태로 뒤로 물러났다. 기훈이 나를 쳐다봤다. 표정은 전혀 풀어지지 않은 상태로 나에게 성큼성큼 다가왔다. 뒤에서 지켜보고 있던 애들이 말릴 새도 없이 기훈이 내게로 주먹을 날렸다. 기훈도 어린 나이지만 큰 충격을 주기엔 충분한 힘이었다. 나는 비명을 질렀다. 배를 움켜지며 큰 소리로 울었다. 너무 아파서 말이 나오질 않았다.

나의 울음소리에 기훈의 눈의 초점이 다시 맞춰졌다. 기훈이 때린 건 나였지 기훈이 착각하고 있었던 자신의 아빠가 아니었다. 기훈도 겁이 난 것인지 몸을 벌벌 떨며 뒤돌아 방을 나갔다.

＊＊＊

"아니야, 이건 아니잖아. 난 분명 아빠를 봤었다고."

기훈이 머리를 쥐어 쌌다. 그렇게 혼잣말만 중얼거리는 기훈이었을까 갑자기 누군가가 기훈의 볼을 강타했다. 그에 기훈은 옆으로 넘어지며 볼을 감쌌다. 꽤나 세게 날린 주먹이었던지 앓는 소리를 냈다. 기훈은 볼을 쥔 채 고개를 들었다.

"진, 진현이형?"

"내가 지예 건드리지 말라고 했지."

지예의 오빠, 진현이었다. 기훈은 억울한 표정을 지었다. 그러고 싶어서 그런 게 아니라고 변명을 했다. 실없이 중얼거리는 기훈에 어이가 없다는 듯 기가 찬 웃음을 내뱉는 진현. 기훈이 울상을 지었지만 진현은 보지도 않은 채 기훈을 지나쳤다. 진현은 그 길로 지예가 있는 방으로 뛰어갔다.

저 구석 웅크리고 있는 모습만 봐도 지예였다. 등이 오르락내리락 거린다. 진현이 가까이 다가가 지예의 얼굴을 들어 올리자 짙게 밴 눈물자국이 제일 먼저 진현의 눈에 띄었다. 심하게 울어댄 탓에 탈진한 건지 잠이 든 건지 모르겠지만 색색 거리는 숨을 내쉬고 있었다. 진현은 한참을 지예의 얼굴을 쓰다듬다 지예를 들어 안았다. 곧바로 지예의 방에 가 침대에 지예를 눕혔다. 침대에 닿자마자 뒤척이는 지예. 진현은 그런 지예를 보며 안타까운 마음만 늘어갔다.

2

"엄마!"

지예가 큰 소리로 엄마를 불렀다. 아빠가 늦은 시각 집에 들어 온 것이었다. 거실에서 무슨 짓을 하는지 접시가 깨지는 소리가 들려왔다. 지예는 무서움을 느껴 이불을 머리끝까지 뒤집어썼다. 지예의 엄마가 옆에 누워 있지 않아서인지 지예는 더욱 두려워했다. '또 엄마를 때릴 거야.' 지예는 혹여나 엄마가 맞을까 걱정이 되었다. 지예는 아빠가 무서웠지만 엄마가 맞는 게 더욱 싫었다.

"엄마, 어디 있어? 밖에 있지 마."

지예가 작은 목소리로 중얼거렸다. 머리끝까지 뒤집어 쓴 이불을 살짝 내렸다. 얼굴만 쏙 내밀어 방을 훑어보았지만 지예가 그토록 원하는 엄마는 없었다. 울고 싶었다. 지예는 결국 이불 밖으로 나와 방문 앞에 귀를 붙였다. 작은 몸으로 무엇을 하겠다는 건지 벌벌 떨면서도 엄마를 지키려 했다.

거실에서 들려오는 소리가 작아지다 고요해지자 지예는 방문을 열었다. 거실을 보니 지예의 아빠는 소파에 널브러져 자고 있었다. 다행히도 엄마는 거실에 없었다. 지예는 엄마를 찾으려 먼저 진현의 방으로 향했다. 문을 열어보니 진현만 누워 곤히 자고 있었다. 지예는 덜컥 겁이 났다. 자신의 아빠 때문에 어디론가 도망친 게 아닐까하는 생각이 지예의 머릿속에 가득 찼다. 울고 싶었지만 엄마를 찾는 것이 먼저였다. 혹시나 하며 아무도 쓰지 않는 방문을 열어보았다.

그 순간 지예의 몸이 굳었다. 지예는 숨도 잘 쉬어지지 않는지 숨을 헐떡거렸다. 분명 자신이 올려다보고 있는 사람은 엄마가 맞았다. 지예는 고개를 세차게 저으며 현실을 부정하는 듯했다. 저 위 천장에 매달려 있는 엄마의 모습은 어린 지예에겐 큰 충격으로 다가왔다.

갑자기 방안이 새빨개졌다. 방바닥에서 붉은 피 같은 것들이 차올랐다. 그것들이 지예의 발에서 느껴지자 지예는 비명을 질렀다. 소스라치게 놀라며 지예는 도망치려 문고리를 잡았다. 하지만 웬일인지 전혀 열릴 생각을 하지 않는 문에 지예는 그만 울음을 터뜨리고 말았다. 아무리 힘을 주어도 열리지 않는 문을 원망했다. 결국 지예는 문을 쾅쾅 치며 오빠를 불러 재꼈다.

"오빠! 살려줘!"

악을 쓰며 고사리 같은 손으로 문을 쳐댔다. 붉은 액체가 벌써 지예의 발목 부근에서 찰랑거렸다.

"싫어. 싫다고! 엄마, 하지 마!"

펑펑 울며 지예가 외쳤다. 창백해져 있는 엄마를 볼 자신이 없었던 지예는 눈을 꼭 감은 채 더욱 벽 쪽으로 붙었다. 지예는 어쩔 도리가 없어 떨기만 했다. 그러다 갑자기 방문이 덜컹 거렸다.

"오빠, 오빠야? 나 빨리 꺼내줘."

울음이 잔뜩 섞인 목소리로 말했다. 문이 계속해서 덜컹거렸다. 지예가 몇 번을 더 오빠 하며 불렀지만 열어주겠다는 말은커녕 대답조차 없었다. 그래도 문이 열릴 수 있다는 희망에 지예도 문고리를 잡았다. 이윽고 문이 거친 소리를 내며 열렸다. 붉은 액체들이 문틈 사이로 흘러갔다. 지예는 그래도 문이 열렸다는 기쁨에 마음을 한시름 놓았다.

"오빠, 고마워."

지예는 문을 열어준 사람을 오빠라 굳게 믿고 말을 걸었다. 하지만 지예가 오빠라고 믿은 사람은 진현이 아니었다. 바로 지예를 무서움에 떨게 만든 장본인, 아빠였다. 지예는 자신의 아빠의 얼굴을 확인하곤 놀라며 문 쪽에서 떨어졌다.

"아, 아빠. 아빠가 여기 왜."

지예의 얼굴에 두려움이 잔뜩 서렸다. 지예의 아빠가 지예를 보곤 피식 웃었다. 손을 뻗어 지예의 얼굴을 쓰다듬었다. 지예는 아빠의 이상한 행동에 더욱 몸을 떨었다. 그러다 그의 손이 얼굴이 아닌 지예의 머리로 향했다. 순식간이었다. 순식간에 지예의 머리채를 잡더니 거실로 지예를 내던졌다. 지예는 아픈 소리를 냈다. 그는 지예에게 다가가 발로 지예를 차더니 입을 열었다.

"지예야, 우리 딸. 왜 네 엄마 죽였니?"

그는 섬뜩하게 웃었다. 발로 엎어진 지예를 툭툭 쳤다. 어서 말을 해보라는 뜻이었다. 지예는 갑자기 이게 무슨 소리인지 몰라 입만 벙긋 거렸다. 그런 지예를 그는 쳐다보다 화가 나 소리쳤다

"우리 딸. 아빠가 말했는데 왜 대답이 없어. 네 엄마가 이렇게 입 꾹 다물고 있으라고 가르쳤니?"

"……."

계속해서 지예가 말이 없자 그는 지예의 머리채를 잡아 억지로 지예를 끌어올렸다. 지예는 아파하며 일어났다. 자신의 아빠와 눈이 마주치자 지예의 동공이 흔들리더니 지예는 그만 다시 울음을 터뜨렸다.

"울지만 말고. 응? 딸. 말해봐."

"그게 무슨 말인지……."

지예의 대답을 듣고 그는 어이 없어했다. 정말 모르냐는 듯이 지예를 아니꼽게 쳐다봤다. 그런 그를 보며 지예가 고개를 푹 숙이자 그가 크게 웃었다. 주위가 온통 새까매졌다. 지예는 누군가의 손이 자신의 목을 만지는 것을 느꼈다. 소름이 끼쳤다. 그러다 그 손들을 지예의 목을 조르기 시작했다. 지예는 깜짝 놀라며 목에서 그 손들을 떼려 했지만 아무것도 만져지지 않았다. 그렇게 숨통이 점점 막혀오자 앞에 있던 아빠가 말을 꺼냈다.

"네가 네 엄마 죽인 거잖아. 어디서 모르는 척이야. 모르는 척은."

지예가 눈을 크게 뜨며 그를 쳐다봤다. 부정의 뜻으로 고개를 저었지만 그는 계속해서 지예의 엄마가 죽은 것은 지예의 탓이라며 말을 했다. 지예는 도통 무슨 말을 하는지 몰라 눈물만 흘렸다. 그 상황에서도 숨이 막혀오는 탓에 지예는 점점 의식을 잃어갔다. 지예의 눈 앞이 흐릿흐릿해질 때까지도 지예의 아빠는 모진 말만 내뱉었다.

＊＊＊

"아악!"

비명을 지르며 침대에서 일어났다. 몸이 온통 식은땀 범벅이었다. 얼굴은 발갛게 달아올라 있었다. 숨을 급하게 내셨다. 얼굴을 쓸어내렸다. 꿈인 걸 알았음에도 무서움은 가시질 않았다. 주위를 둘러보니 새벽인 것 같았다.

나는 새벽이 참 무섭다. 역시나 난 벌벌 떨며 몸을 웅크렸다. 악몽을 꾼 탓에 잠이 오지 않았다. 앓는 소리를 냈다.

"지예야. 왜 그래?"

오빠가 물었다. 나의 비명소리 때문인지 앓는 소리 때문인지는 모르겠으나 잠에서 방금 깬 얼굴로 나에게 다가왔다. 익숙한 얼굴을 보자 그제야 안심이 되어 울음을 터뜨렸다. 갑자기 엉엉 울어버리는 나 때문에 오빠가 당황한 것 같았으나 서럽게 우는 나를 보곤 품에 안았다. 오빠의 품속에서도 어깨를 들썩이며 울음을 그칠 생각을 못했다. 오빠가 등을 토닥이며 달래주었다.

"괜찮아. 아무것도 네 탓 아니야. 그러니깐 울음 뚝 그쳐야지."

오빠는 아마 우리의 엄마가 자살하고 난 후 매번 꾸는 악몽일 것이라 생각하는 것 같았다. 물론 그게 맞았다. 나 혼자 엄마를 발견한 탓에 아직까지 큰 충격으로 남아 꿈에 나오곤 했다. 물론 내 아빠도.

"또 그 꿈 꿨어?"

대답 대신 품속에서 고개를 끄덕였다.

"괜찮아. 얼른 자야지. 오늘은 오빠가 옆에 있어줄게."

"응."

작게 대답한 내게 오빠가 살포시 웃어보였다. 오빠와 나는 침대에 누워 눈을 감았다. 잠이 오지 않아 계속 몸을 뒤척였다. 오빠는 그런 나를 느끼고 말을 걸었다.

"잠 안 오구나. 이야기나 할까?"

이번에도 난 말없이 고개만 끄덕였다. 오빠는 그런 나를 보며 미소를 지었다. 그러다 오빠는 어제 기훈과의 일이 생각난 건지 나를 보며 말을 걸었다.

"너 오늘 기훈이한테 맞았다며. 안 아파?"

"응. 괜찮아."

애써 밝은 척을 했다. 그래도 내가 그 일을 별로 꺼내고 싶어 하지 않는 걸 눈치챘는지 오빠는 곧바로 입을 닫았다. 둘 다 말없이 눈만 깜빡이고 있었을까 내가 오빠의 품에 파고들었다.

"오빠, 근데 정말 산타할아버지 없어?"

정말 아이 같은 물음이었다. 이상하게시리 난 산타에 집착했다. 크리스마스를 손꼽아 기다리는 것은 당연지사 잊을 만하면 산타타령에 오빠도 골치 아픈 적이 몇 번이 아니었다. 하지만 내가 유일하게나마 웃음을 가지는 주제였기에 오빠는 말을 이어갔다.

"그건 왜?"

"그냥 오늘 기훈이가 산타할아버지가 왜 있냐고 그래서."

오빠는 어제 왜 기훈이 나와 그런 일이 있었는지 조금이나마 안 것 같았다. 또 산타이야기가 첫 시작이었다. 사실 기훈과 나의 다툼은 어제가 처음이 아니었기 때문에 오빠도 잘 알 거다. 다툼이라기보단 기훈의 일방적인 시비지만 말이다.

"아마 있을 거야. 기훈이는 나빠서 선물을 한 번도 안 받아봐서 그런 말을 하는 것일 거야."

오빠의 대답을 듣고 웃음을 보였다. 기분이 좋아져 오빠를 안았다. 따뜻하고 좋은 오빠의 품속에서 나는 그렇게 스르르 잠에 들었다.

"지예야. 자?"

진현의 물음에도 답이 없었다.

지예의 등이 고르게 올라갔다 내려갔다. 잠에 든 지예를 확인하고 진현은 몸을 편하게 돌렸다. 지예는 잠에 들었는데 이제는 진현이 잠이 오지 않았다. 깊은 밤 괜히 잠이 오지 않자 진현은 예전 생각에 빠졌다.

3

"여보! 하지 마세요. 제발…… 우리 애들 깨요."

안방에서 언제나 그렇듯이 둔탁한 소리, 아빠의 고성소리, 엄마의 울음소리, 그리고 우리를 생각하는 엄마의 목소리까지. 언제부터 우리 가족들이 이렇게나 아파했는지 가늠이 안가 나조차 아파졌다. 난 분명 엄마가 아빠에게 맞고 있음을 알고 있다. 하지만 도저히 떨어지지 않는 발이 너무나도 원망스럽다. 귀를 파고드는 엄마의 아파하는 비명에 더더욱 이불 속으로 파고들었다. 여전히 줄지 않는 소리들에 머리가 지끈거렸다. 쨍그랑하며 접시 같은 것이 깨지는 소리가 들렸다. 그래도 난 모르는 척 방관했다. 저 밖에서 무슨 일이 일어나는지 보고 싶지 않았다. 귀를 손으로 막으며 애써 현실을 부정했다.

그렇게 시간이 얼마나 지났을까 점점 작아지는 소리에 나도 귀에서 손을 뗐다. 문이 쾅 하고 닫히는 소리가 들려왔다. 아빠가 방에 들어간 것 같았다. 조금 있다 엄마의 울음소리가 들렸다. 엄마를 달래주어야 하는데 몸이 굳어 움직일 수 없었다.

엄마를 때리는 아빠도 싫지만 엄마에게 아무 도움도 안 되는 내가 정말 싫었다.

* * *

언제 잠에 들었던 건지 창문 새로 환하게 햇볕이 내리쬐었다. 한순간 밝아지는 느낌에 얼굴을 찌푸리며 침대에서 일어났다. 방문을 열어 거실을 보자마자 탄식이 내뱉어졌다. 어제 접시 같은 것이 깨지는 소리의 원인이 바로 눈앞에 보였기 때문이다. 부엌 식탁 근처에 널브러져 있는 접시의 잔해

들과 검게 변한 피. 그것들을 보자 머리가 아파왔다. 왜 어째서 우리는 아니, 우리 엄마는 이런 짓을 당해야 하는 것일까. 쭈그려 앉아 어제의 흔적들을 치웠다. 아빠의 무지막지한 행동들을 상상하는 것만으로도 이렇게 힘든데 그걸 당하는 엄마는 얼마나 아플까. 지금까지 어떻게 참아 낸 것일까. 한숨을 내쉬었다.

"어? 진현아. 놔두지 그랬어. 엄마가 치우게."

엄마가 언제 방에서 나온 건지 내 앞으로 와 말을 했다. 고개를 들어 엄마를 보니 금세 또 수척해진 얼굴에 마음이 아려왔다. 또 엄마는 안 아픈 척, 안 힘든 척. 언제까지 엄마는 그래야 하는 것일까. 나라도 아빠를 말렸다면 지금 이런 상황까진 오지 않았을까. 괜한 생각에 다시 가슴이 미워져 왔다.

"괜찮아. 이런 것쯤이야."

애서 웃음을 지어보였다. 다시 남은 접시 조각들을 주워 담다 엄마의 손목이 눈에 들어왔다. 역시나 내가 예상했던 대로다. 어제 엄마는 여기서 다친 게 분명하다. 치료할 새도 없이 잠에 들었는지 손목에 자리 잡고 있는 흉터가 보기 좋지 않았다. 접시 조각들을 다 치우고 엄마의 손목을 잡아챘다.

"진현아, 왜 그래?"

살짝 놀란 엄마가 뒤를 돌아보며 말했다. 내가 잡은 손목이 아픈지 인상을 찌푸리는 것 같기도 했다. 분명 내가 잡은 손목은 다치지 않은 반대편 손목일 텐데. 의아함에 엄마의 손목을 올려 눈에 담았다. 시퍼런 멍이 손목에 자리 잡고 있었다. 엄마는 나에게 이런 모습을 보이기 싫었는지 손목을 비틀며 내 손에서 벗어났다. 옷소매를 손목까지 내리며 말을 했다.

"에이, 아무것도 아니야. 그냥 요리하다 다친 거야. 우리 아들 걱정했어?"

아무것도 아니라는 듯이. 언제나 지예 앞에서든 내 앞에서든 아무것도 아닌 척. 그런다고 해서 엄마가 아빠한테 맞고 사는 걸 어떻게 몰라. 지예도 아는데 내가 모를 리가. 대답 없이 구급상자를 들고 와 엄마를 소파에 앉혔다. 엄마는 괜찮다며 손을 내저었지만 내가 마음이 안 편해서 이렇게라도 해야지 조금, 정말 조금은 엄마한테 용서를 구할 수 있지 않을까했다.

"그래도 다쳤잖아. 치료는 해야지."

내가 말하자 엄마는 나를 기특하다는 듯이 쳐다봤다. 나를 쳐다보는 엄마의 눈길을 피했다. 엄마를 쳐다볼 용기가 그리 많지 않은 나였다. 아빠를 막아주지 못해서 미안하다고, 죄송하다고 했어야 했다. 나는 참 바보 같았다.

* * *

지예가 나의 방으로 숨 가쁘게 뛰어왔다. 겁에 질린 표정이 무슨 일이 일어났다는 것을 알려줬다. 엄마를 외치며 우는 지예에 나도 덩달아 당황했다.

"왜, 왜. 지예야."

"오빠, 엄마가. 엄마가……."

벌벌 떨며 말을 잇지 못하는 지예에 답답해하며 다가갔다. 아마 엄마에게 무슨 일이 생긴 것 같았다. 엄마에게 가려 지예를 지나치자 갑자기 지예가 쓰러졌다. 아마 기절한 것 같다. 얼마나 큰일이기에 지예가 이리도 충격을 먹은 건지 조금씩 무서워졌다. 쓰러진 지예 때문에 더욱 급해졌다. 우선 엄마의 상태를 봐야 하기에 쓰러진 지예를 들어 안아 내 침대에 눕혔다. 그러고선 안방으로 서둘러 갔다.

안방의 문을 크게 열어 젖혔다. 엄마의 모습이 보이지 않았다. 설마 엄마가 도망친 걸까. 두려움에 잔뜩 뒤집혀 안방에서 나오자 그제야 거실에서 자고 있는 아빠가 눈에 들어왔다. 그런 아빠를 무시하고 이리저리 둘러보며 엄마를 찾았다. 지금은 엄마가 먼저다. 저끝 쪽에 우리가 잘 쓰지 않는 방의 문이 열려 있었다. 저기에 엄마가 있는 것 같아 조심스레 그 방으로 걸어갔다.

문이 환히 열려져 있어 방 안이 어떤 상태인지 들어가지 않아도 알 수 있었다. 지예가 왜 쓰러졌는지 알 것 같았다. 나도 이리 충격인데 나보다 더 어린 지예는 얼마나 더 할까. 하얗다 못해 창백해진 엄마의 얼굴이 눈에 띄었다. 방 앞에서 몸이 굳어 아무 행동도 할 수 없었다. 엄마를 내려야 한다는 생각조차도. 아마 그때부터였을 것이다. 지예가 새벽을 무서워한 것이. 지예가 창백해진 엄마를 발견한 것이 새벽이었기 때문이다. 얼마나 무서웠을까. 불러도 대답이 없는 엄마를 지켜봐야 했다는 것이. 나도 사실은 그때만 생각하면 아찔함 뿐이다. 가끔씩 새벽이 증오스럽다.

＊＊＊

"아악!"

비명소리가 귓속을 파고들었다. 엄마가 또 맞고 있나. 아니, 지예다. 비명소리가 지예임을 깨닫곤 나는 침대 속을 나와 곧바로 안방으로 직행했다. 지예는 머리채를 붙들린 채 이리저리 나뒹굴고 있었다. 안방으로 들어가자 퍼지는 술 냄새, 아빠 또 술 마셨구나. 나는 아빠 손을 거칠게 쳐냈다.

"누구야, 너. 누구야!"

아빠가 험굿은 인상을 하며 나를 쳐다봤다. 지예는 바닥에 누운 채 거친 숨만 내뱉고 있었다. 손이 내쳐진 게 꽤나 큰 자극제였던지 아빠는 더욱 흥분해 날뛰었다. 하도 예전부터 난리를 피운 탓에 아무 것도 없는 탁상을 크게 내리쳤다. 유리가 위에 깔려 있던 탁상이었던지라 좋지 못한 소리가 울려 퍼졌다. 화를 가라앉히기 힘든지 몇 번을 더 쾅쾅 쳤다. 그런 아빠의 모습 지켜보다 산발이 된 지예를 들어 안아 내 방으로 갔다. 아니, 가려 했다. 지예를 들어 안곤 방문을 지나치려 하자 뒤에서 둔탁한 소리가 더 들리더니 무언가가 내 등을 강타했다. 등이 무척이나 욱신거렸다. 딱딱한 물체였던지 쉽게 아픔이 가시질 않았다. 일단 내 품에서 잠든 지예가 우선이었다. 내방으로 향해 침대에 지예를 눕혔다. 볼을 맞아 붉게 부푼 지예의 얼굴이 보였다. 언제 또 이렇게 맞았는지 한없이 아파왔다.

지예가 이렇게 아빠에게 맞기 시작한 건 아마 엄마가 우리의 곁을 떠난 후 며칠 지난 시점이었을 것이다. 처음은 어린 지예에게 밥을 차려와라 시키곤 밥상을 엎던가 물건을 집어 던지는 정도에서 점점 강도가 심해져 지예의 몸까지 번지게 되었다. 지예의 팔, 다리에는 엄마가 나에게 보이고 싶어 하지 않았던 멍들이 시퍼렇게 자리 잡고 있다. 아빠가 술만 먹고 오는 날이면 지예의 부드러운 머릿결은 남아날 곳이 없다. 오늘도 많이 무섭고 아팠을 것이다. 아빠도 한참을 물건들을 내던지다 잠에 든 것 같았다. 집안이 고요했다. 이렇게 매일 조용했으면 얼마나 좋을까.

* * *

오늘 밤도 지예는 아빠에게 맞았다. 왼쪽 어깨부터 쇄골까지 붉게 멍이 하나 또 생겼다. 잠이 들면서도 어깨를 잡으며 끙, 끙 앓는 소리를 내던 지예였다. 시간이 지나면 지날수록 아빠는 술을 마시고 오는 횟수가 늘어났다. 그러면 그럴수록 지예가 아파하는 시간도 늘어났다. 더 이상 지켜볼 수가 없었다. 지예가 아파하는 모습만 보면 자꾸만 창백해진 엄마와 겹쳐서 보여 지예를 똑바로 볼 수 없었다. 이번에도 그냥 이렇게 지나가면 안 된다. 지예를 안전한 곳으로 데리고 가야 한다. 지예의 손을 만지작거렸다.

"오빠?"

지예가 깼나 보다. 고개만 슬쩍 이리 돌려 나를 쳐다봤다. 무슨 심보였는지 모르겠으나 생각 없이 말이 먼저 튀어나왔다.

"지예야, 우리 도망칠까."

"응?"

"우리 도망치자."

의아한 표정을 한 지예였다. 솔직히 우리를 받아줄 사람이라도 있으면 다행이었지만 길바닥을 떠돌더라도 여기에서 사는 것보단 훨씬 나을 거다.

"경찰에 신고하고 아빠가 잡혀가면 다시 여기로 와도 되니깐 잠시만, 잠시라도 도망쳐 있자. 지예 너 아프잖아."

지예는 잠시 생각을 하다 조심스레 고개를 끄덕였다. 그렇게 지예와 나는 그 지긋지긋한 집을 도망쳐 나왔다. 사실 들고 나온 것도 별로 없어 어떡해야 막막했지만 이제는 더 이상 지예가 맞지 않아도 된다는 생각에 기뻤다. 한참을 집 주위에서 서성이다 후드득 내리는 비에 냅다 모르는 길로 달렸다. 둘 다 몸이 흠뻑 젖어선 잠시나마 비를 피할 수 있는 곳에 앉아 있었다. 지예가 오들오들 떨었다. 비에 젖어 추운건지 더욱 몸을 웅크렸다. 한시라도 빨리 어디론가 들어가야 한다는 생각에 주변을 살폈다. '다애 고아원' 저기라면 우리를 받아 주지 않을까. 지예를 일으켜 세우며 고아원 쪽을 가리켰다.

"지예야, 우리 저기 가서 재워달라고 하자."

머리칼에서 물이 뚝뚝 떨어졌다. 지예가 고개를 내 손 끝을 바라보며 고개를 끄덕였다. 그렇게 우리 둘은 고아원으로 향했다.

4

언제 잠이 들었나, 눈을 떠보니 아침이었다. 어제 괜한 생각만 많이 한 것 같았다. 옆에서 곤히 자고 있는 지예를 한번 봤다. 머리를 털며 침대에서 일어났다.

방에서 나오자 반대편에서 고아원 선생님이 내게로 다가오고 있었다. 마침 잘 만났다는 듯이 웃으며 손을 흔들었다.

"안녕하세요."

그를 보며 인사를 했다.

"그래. 잘 만났네. 너 오늘 입양할 사람 올 거야. 준비하고 있어."

갑자기 예상치도 못한 소리가 선생님 입에서 튀어 나왔다. 당황스러웠다. 우리를 만나러 오는 사람도 거의 없었는데 입양이라니. 당황해서 선생님이 온 길로 다시 돌아갈 때까지 아무 말도 할 수 없었다. 만감이 교차했다. 엄마 생각도 나고 아빠 생각도 났다. 그래도 아주 예전처럼 돌아갈 수 있지 않을까 하는 생각에 좋기도 했다. 얼른 지예한테 말해야겠다.

＊＊＊

"안녕. 네가 진현이구나. 잘생겼네."

말 같지도 않은 소리. 온통 비싼 물건들로 치장한 여자가 내 앞에 앉아 있었다. 이 상황이 너무나도 싫었다. 왜 이 자리에 지예는 없는 걸까. 도통 이해되지 않았다. 인상이 구겨졌다. 저 여자를 쳐다보자 내 구겨진 얼굴을 보고 자신도 얼굴을 구겼다. 매서운 눈매로 나를 쳐다봤다.

"인사 해야지. 진현아."

내 옆에 앉아 계시던 선생님이 나를 툭 치며 말해왔다. 괜히 짜증이 났다.

"안녕하세요."

건방진 말투로 인사를 하자 여자의 얼굴이 더욱 구겨졌다. 내가 계속해서 쳐다보자 애써 얼굴을 풀며 어색하게 말을 걸어왔다. 정말 마음에 안 들어.

"그래. 이제 내가 네 엄마야. 잘 지내보자."

여자가 말했다. 엄마라니. 거부하고 싶었지만 그렇게 하진 못했다. '엄마'라는 단어에 덜컥 겁만 먼저 나서였을까.

"왜 지예는 여기 없어요?"

괜히 화제를 돌리려 지예 이야기를 꺼냈다. 갑자기 여자의 표정이 매서워졌다. 아까보다 더.

"그 아이는 필요 없어. 너만 오면 돼."

저 역겨운 미소. 지예가 필요 없다니. 지예가 무슨 물건도 아니고 자기가 필요 있다 없다 말할 아이가 아니었다. 내 동생인데 어떻게 떼놓을 생각을 하는 건지.

"싫어요. 지예랑 같이 가면 모를까. 가기 싫어요."

내가 말했다.

내가 말하자마자 내 앞에 앉아 있던 여자가 내 손목을 거칠게 잡아끌며 화를 냈다.

"엄마가 그렇다면 그렇게 알아들어. 어디서 대들려고 해?"

표독스럽게 소리쳤다. 긴 손톱이 내 손목을 찔러왔다. 손목을 비틀며 여자의 손을 쳐냈다. 선생님이 와서 여자를 말렸다. 진정하라고 말하는 것이 들렸다. 여자는 나를 노려보며 씩씩댔다. 그런 여자를 나도 쳐다보며 말했다.

"당신은 엄마 아니에요. 난 싫어. 안 가!"

나도 덩달아 소리치며 악을 썼다. 그러다 갑자기 문이 쾅쾅거리며 울음소리가 들려왔다. 지예의 울음소리다. 문이 열리더니 지예가 다른 선생님께 붙들려 울고 있었다.

"오빠, 나도 데려가! 가지 마!"

몸을 크게 흔들며 자신을 잡고 있는 선생님의 손을 거부했다. 얼굴까지 새빨개져 나에게 가지 말라 소리쳤다. 그런 지예를 보고 여자는 당황하는 듯 했으나 싸늘하게 표정을 굳히곤 어디론가 전화를 했다.

"애 좀 데려가. 귀찮게시리 동생이라는 애가 들러붙잖아."

여자가 전화를 하는 동안 지예가 선생님에게서 떨어져 내게로 다가왔다. 지예가 울며불며 내 품속으로 파고들었다.

"오빠. 어디 가지 마. 나 두고 가지 마."

내가 혼자 자신을 버리고 간다고 생각하는 것 같았다.

"아니야. 오빠 어디 안 가."

"진짜?"

나를 올려다보는 지예의 눈가가 젖어 있었다. 왜 저 여자는 나에게 이러는지 모르겠다. 왜 지예를 나랑 떨어뜨려 놓으려 하냐고. 역시 입양은 무슨. 헛된 기대를 한 내가 잘못 됐었다.

내 몸이 붕 떴다. 지예와도 떨어졌다. 어떤 한 남자가 나를 들쳐 멘다. 갑작스레 이러난 일이라 당황했다. 저 여자가 나를 이렇게라도 데리고 갈려하는구나. 지예를 두고 갈 수는 없다. 거칠게 반항했다. 남자의 등을 세게 치며 내려달라 소리쳤다.

"오빠 내려주세요. 오빠 내려달라고요! 뭐하는 거예요. 아저씨! 내 오빠라고."

지예가 남자의 팔을 붙들며 말했다. 남자는 그런 지예가 귀찮은지 발로 걸어찼다. 지예의 목소리가 들리지 않았다. 아마 쓰러진 것 같다.

"뭐하는 거야!"

내가 말했다.

여자가 가만히 우리 둘을 지켜보다 짜증난다는 듯이 나를 노려봤다.

"입 좀 다물게 해 봐."

남자가 거칠게 나를 바닥으로 내팽개쳤다. 등 곳곳이 아려왔다. 작게 앓는 소리를 내자 갑자기 남자가 하얀 천으로 나의 얼굴을 감쌌다. 숨이 막혀와 발버둥을 쳤다. 계속해서 조여 오는 숨통에 이대로 죽는 건 아닌가 하는 생각도 들었다. 그렇게 의식을 잃어 버렸다.

5

눈을 떴다. 배 부근이 아려왔다. 정말 오빠가 떠난 걸까.

"오빠."

대답이 없다. 내 목소리만 허공에서 윙윙 떠돌다 사라졌다. 이대로 정말 보지 못하면 어쩌나 하는 생각이 머릿속을 가득 채웠다. 괜한 눈물이 났다. 저번에 그 여자도 밀고 그냥 가버린 오빠도 미웠다. 이제 나 혼자. 오빠 없이 도대체 어떻게 지내라는 건지. 가뜩이나 여기서 친구들 사이에서도 혼자인데 정말 혼자가 되어버렸다.

혼자 있기를 몇 날 며칠이었다. 몇몇 선생님이나 친구들이 나를 안쓰럽게 쳐다보긴 했지만 개의치 않았다. 그저 오빠 생각, 엄마 생각. 내가 왜 이렇게 살아야하는지 궁금하기도 했다. 이런 생각만 늘수록 나에게 좋지 못하단 걸 알았지만 별 수 있나. 내가 할 수 있는 것이 잡생각만 늘여 놓는 것뿐인데.

난 아직 혼자 세상을 어떻게 헤쳐나가는 지 배우지도 않았고 그럴 힘도 없는데, 난 지금 혼자다. 앞길이 막막했다. 뿌옇게 돼서 어떻게 해야 할지 감도 안 잡혔다. 집으로 돌아가자니 그토록 두려워하는 아빠가 있을지도 모르고 입양되길 바라자니 나를 원하는 어른들이 없다. 있을 리가. 있어도 혹여나 오빠를 데려간 그런 못된 사람이면 어떡해.

무서웠다. 앞을 볼 수 없어서, 내가 어떤 길을 가야 맞는 건지 몰라서.

"야."

"……."

"야. 김지예."

고개를 들었다. 왜 나를 부르지. 기훈이었다. 저번의 안 좋은 일이 생각나 몸을 뒤로 뺐다. 쟤가 나를 부를 일이 뭐가 있다고. 기훈이 내 앞에 서서 알 수 없는 표정을 지었다.

"대답 좀 해라."

대답이 없어 무안했던 걸까. 머리를 긁적이며 나와 눈높이를 맞추려 쭈그려 앉았다. 왠지 모르게 저번 일과 비슷한 것 같아 기분이 좋지 않았다.

"아니, 야. 그게 사실은……."

뜸을 엄청 들였다. 말하기 어려운 건지 쑥스러운 듯 계속 같은 말만 반복했다.

"제대로 말 해봐. 뭐라는지 하나도 모르겠어."

그제야 입을 열자 조금은 미소를 띠며 나를 쳐다봤다.

"미안하다고."

"응?"

"아니, 그 저번 일."

기훈은 정말 쑥스러워했다. 이거 하나 말하는 게 뭐가 어렵다고. 그래도 먼저 사과해준 덕분에 기분이 한층 좋아졌다. 오빠가 가고 얼마 만에 나아진 기분인지.

아마 오늘부터는 혼자가 아닐 것 같기도 하다.

✳✳✳

"야, 왜 울고 있냐."

기훈이 나의 방에 찾아왔다. 울고 있던 나의 모습이 추해 조금은 부끄러웠다. 그냥 갑자기 오빠 생각이 너무 나서 울어버렸다. 나 참, 혼자 있다 보니 오만가지 생각을 다 하게 되던데 그게 너무 슬펐다. 오빠는 뭐 하고 있을까. 잘 지낼까. 너무 잘 지내서 나를 잊어버린 건 아닐까 하는 생각들. 눈에 아른거리기만 하고 잡히지 않아서 더 슬퍼서 그래서 울었어. 내뱉지 못하는 말을 꾹 삼켰다.

"그냥……."

"너 또 오빠 생각 했구나."

"……."

"안 봐도 다 알아. 네가 진현이 형 생각하는 게 한두 번이냐."

긍정의 의미로 기훈을 보며 웃어 보였다. 사실 그렇게 오빠가 떠나고 혼자였을 때 기훈이 나한테 손을 내밀어주었다. 진현이 형 생각에 때문이었다나 뭐라나. 그래도 정말 혼자 찌들어 안 지내게 해준 장본인이니 고맙긴 하다. 그렇게 나를 미워하던 기훈이었지만 말을 해보다 보면 정말 그러고 싶어서 그런 게 아니란 걸 알 수 있었기 때문에 이제는 나도 그러려니 했다. 쟤마저도 밀쳐내면 정말 난 기댈 사람이 없으니깐.

"야, 또 이상한 생각. 그런 거 그만하고 빨리 오늘은 네 이야기 해줘야지."

"…… 아니, 그건 네가 일방적으로 나한테 한 거잖아."

"그래도 난 네 이야기 듣고 싶다고!"

'아, 해줘!' 칭얼거리는 기훈에 한숨을 내쉬었다. 내가 한동안 오빠 생각에 빠져 허우적거릴 때 나를 위로해 준답시고 자신의 이야기를 해줬다. 나만 그렇게 아픈 거 아니니깐 긍정적인 생각을 가지라고.

집안에서 원하지 않는 아이라고 했다. 기훈의 엄마는 자신을 지우려 병원에도 찾아가고 계단에서도 굴러봤다고도 한다. 그래도 기훈이 뱃속에서 사라지지 않자 자신을 낳았다고 했다. 자신이 세상의 빛을 볼 존재가 아니었다고 그렇게 말하는데. 그 심정이 느껴져 나조차 아려왔다. 그렇게 말도 못하고 이빨 하나 나지도 않은 상태로 이 고아원에 버려졌다고 떨리는 목소리로 말을 이어갔었다.

사실은 잠결에 들은 이야기라 뒷내용은 생각이 나지 않는다. 짐작하자면 좋게 끝난 이야기는 아니었을 것이다. 그래도 꽤 나를 버틸 수 있게 해줬다. 내 머릿속이 온통 오빠, 오빠, 오빠였다면 그나마 그 오빠 생각을 하나 지워줬으니깐.

뭐, 내 이야기나 해줄까. 나한테 자신의 아픈 이야기를 꺼내기까지 했는데.

"그래. 해 줄게."

"어, 정말?"

기훈이 방긋 웃었다. 좋다는 의미였다.

"우리 엄마 이야기 해줄게."

오빠한테도 말하지 않은 얘기다. 이 이야길 애한테 꺼낼 줄이야. 이따금씩 그때의 엄마의 얼굴에 웃음이 났다. 그때 엄마의 얼굴은 말로 설명할 수 없을 정도로 예뻤거든.

"너 예전에 나 산타할아버지 가지고 자꾸 놀렸지?"

기훈은 말없이 멋쩍게 웃었다.

"내가 지금도 산타할아버지를 믿는 거 그거 다 엄마 때문이야. 최근에서야 깨달았는데 나한테 해준 그 말 유언이었어. 바보 같지. 나 엄마 말 새겨듣지도 않고. 그때는 한창 어렸을 때니깐 당연히 산타를 믿었지. 크리스마스가 가까워지는 날이었을 거야. 엄마 품속에서 산타할아버지 이야기만 늘어놓으니깐 갑자기 엄마가 나를 딱 쳐다보더니 그러는 거야. 엄마도 산타할아버지를 믿는대. 그러니깐 나중에 산타할아버지한테 가서 나한테 좋은 거 먹고 싶은 거 다 주게 부탁할 거라고. …… 유치하지?"

"……."

"에이, 뭘 그렇게 쳐다보냐. 그러고는 오빠랑 절대 이상한 생각하지 말고 잘 커야 한다는 거 있지. 절대 엄마 따라오지 말라고. 그때는 산타할아버지 생각에 들떠서 아무것도 생각 못했는데 그러고 나서 엄마가 하늘나라로 갔어. 참, 엄마가 나한테 남긴 말 정말 그렇게 안 될 거 아는데 왠지 진짜 그렇게 해줄 것 같지 않아? 그래서 그래. 엄마가 남긴 이 말이라도 부정하면 내가 엄마 따라간다는 거잖아. 진짜로 그럴까 봐 무서워서 난 산타할아버지가 있다고 믿는 중이야. 이렇게 말하다 보니깐 나도 웃기네."

"……."

"뭐야, 왜 말이 없어?"

"그냥. 너도 참 힘들었겠구나 싶어서. 그냥."

"그게 뭐야. 여기 지내는 애들 다 그렇지 뭐. 근데 이거 말하고 나니깐 뭔가 편안해져."

"나도 그랬어. 누군가가 내 옆에 있다는 기분 그때 오랜만에 느껴보던 거라. 듣는 것도 꽤 좋네."

기훈의 말에 피식 웃었다. 오빠가 없어도 내가 할 수 있는 일이 늘었구나 싶어서. 오빠한테도 말해주고 싶다. 기훈이랑 이런 이야기도 하고 내 이야기도 해줬다고. 그러면 아마 오빠는 잘했다고 내 머리를 쓰다듬어 주지 않을까.

6

오빠가 내 옆에서 떠난 지 두 달하고 반. 누구에겐 짧고 누구에겐 긴 시간이겠지. 나한텐 정말 긴 시간이었다. 그나마 기훈이 내 곁에서 있어줘서 괜찮았지만 이대로 정말 오빠가 나에게로 오지 않는다면 나는 정말 혼자 세상을 살아가야 하는 걸까. 이런 생각도 수십 번, 수천 번. 도대체 얼마나 한 것인지 이젠 덤덤하기까지 하다.

가족 생각도 많이 했다. 아빠와 엄마가 사이가 좋았다면 우리는 어땠을까. 지금이랑 훨씬 다른 삶을 살고 있진 않았을까. 괜스레 북받쳐오는 설움에 고개를 저었다. 그래도 지금 내 앞에 펼쳐진 상황은 달라도 전혀 다르니깐 망상은 이제부터 하지 말아야한다. 내가 조금만 더 크면 더 이상 여기에 있을 수 없다. 내가 더 크면 혼자 일을 할 수 있는 나이니깐 혼자 세상을 헤쳐 나가야 한다. 오빠가 없어도. 이제는 도와주는 사람이 없어도 나 혼자 무엇인가 꼭 할 수 있을 것만 같은 느낌이다. 오늘부터 새벽이 무섭지 않다.

　요즈음 밖을 내다보면 눈이 펑펑 내려 길에 소복이 쌓여 있다. 벌써 12월 막바지를 달리고 있다. 침대에 가만히 앉아 바깥을 쳐다보고 있자 허겁지겁 내 방문을 열어 소리치는 기훈.

　"야, 김지예."

　"응?"

　"빨리 밖에 나가 봐. 빨리!"

　쟤가 저렇게 날뛰는 것도 오랜만이었다. 아침부터 웬 소란. 그래도 빨리 나가보라며 소리치는 기훈을 외면할 수는 없었기에 옷을 갈아입고 밖으로 나갔다. 그런데 조용한 복도 말고는 아무것도 눈에 들어오지 않았다.

　"아무것도 없잖아."

　"아니. 여기 말고 저 밖에!"

　고아원 현관문을 가리키며 나의 등을 밀었다. '아, 왜이래!' 기훈은 내 외침에도 전혀 멈출 생각이 없어 보였다.

　"알았어. 알겠다고. 나 혼자 갈 수 있어."

　내가 말하자 그제야 나를 미는 손을 뗐다. 도대체 밖에 무슨 일이 있기에 나한테 이러는 거야. 점점 밀려오는 추위에 팔을 문지르며 문 쪽으로 다가갔다.

　"…… 오빠?"

　고아원 밖에 서 있는 사람. 내가 잘못 본 것이 아니라면 내 오빠가 맞았다. 날 보며 웃고 있는 오빠를 보자마자 울음이 터졌다. 그래도 꽤 오빠에 대해선 강해졌다 생각했는데 그게 아니었나 보다. 이렇게 보자마자 눈물부터 나오는 걸 보면. 그런 오빠는 우는 나를 지켜보다 고아원의 문을 열고 들어왔다. 오빠도 나를 보자마자 품에 안았다.

　"메리 크리스마스."

"……."

오늘이 크리스마스라니. 눈에선 눈물이 흐르는데 입 꼬리는 올라가 있었다. 얼마 만에 맡아보는 오빠의 따뜻하고 좋은 향인지.

갑자기 엄마가 생각났다. 엄마가 정말로 산타할아버지한테 부탁했나보다. '오빠랑 지예랑 만나게 해주세요.' 하고. 엄마의 목소리가 들려오는 것 같았다. '엄마, 사랑해. 고마워.'

잠시 엄마 생각에 잠겨 있다 오빠 가슴팍에 머리를 비볐다. 정말 기쁘다 못해 하늘로 날아갈 것만 같았다. 잠시 오빠의 품에서 벗어나 오빠를 쳐다보았다. 그간 얼마나 고생한 건지 한눈에 봐도 알 수 있었다. 오빠가 간 곳이 너무 좋아서, 행복해서 나를 잊어버린 게 아니었다. 너무 힘들고 아파서 나한테 올 수가 없었던 것이다. 수척해진 얼굴이 조금은 안타까워 오빠의 볼을 쓰다듬었다. 오빠가 내 손을 쥐었다. 따뜻했다. 오빠의 눈을 보며 웃어보였다.

"지예야. 많이 힘들었지. 오빠 없어서."

"…… 아냐. 오빠가 더 힘들었잖아."

"아니지. 우리 지예가 오빠를 얼마나 기다렸는지 얼굴 보면 다 아는데?"

"……."

"오빠 많이 기다렸지?"

"응."

"오래 잘 기다렸어. 산타할아버지가 주는 선물이야."

오빠가 다시 나를 꼭 껴안았다. 꼭 혼자만 세상을 헤쳐 나가란 법은 없다. 손을 잡고 누군가와 함께 그 길을 걸어도 좋은 것이다.

글을 마치며

벌써 두 번째 글입니다. 중학교 2학년, 생각지도 못한 책을 쓰게 된다는 기회에 놀라기도 했고 기쁘기도 했습니다. 아무리 두 번째 글을 써 보는 것이라지만 모든 것이 수월하지는 않았습니다. 주제를 정할 때부터 고민도 많이 했었고 이어지지 않는 내용에 애를 먹기도 했습니다. 하지만 이번 글도 끝을 마치고 나니 뿌듯함이 이만저만이 아니었습니다.

저가 첫 번째로 쓰게 된 글을 '져버린 꽃' 이었습니다. 세월호 희생자의 이야기를 소설로 다룬 것이었는데 내 손으로 쓴 첫 글이라는 것이 나중에도 나에게 큰 의미로 남을 것 같다는 생각이 듭니다.

이번에 쓴 글 '멍'은 지워지지 않을 과거와 숨 막히는 현재를 많은 생각과 함께 성숙해지는 주인공의 모습을 그려내고 싶었습니다. 글이라는 것이 좀처럼 내 마음대로 되는 게 아니라 계속 지우고, 지우고를 반복해도 아쉬움이 남는데 다음에 글을 쓸 때는 아쉬움을 조금 없애보려 노력해야겠습니다. 다시한 번 글을 쓸 때는 이전 두 글보다 조금 더 나은 글을 쓸 수 있었으면 좋겠습니다.

천일야화

김새려

악몽의 시작

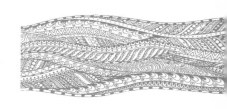

나라의 왕이 죽었다.

왕에게는 두 아들이 있었는데, 샤리야르와 샤자만이 그 주인공이다. 왕의 뒤를 이을 새로운 왕은 첫째인 샤리야르가 되었다. 샤리야르는 명석하고 훌륭했다. 소란스러워진 나라를 빠른 시간에 잠재웠으며 안정적인 통치를 이어나갔다. 샤리야르는 백성을 위한 나라를 만들고자 힘썼다. 또 자신의 동생인 샤자만이 성인이 되자 사마르칸드라는 땅의 영토와 백성을 나누어 주며 그곳의 왕이 될 수 있도록 해주었다. 둘은 행복했다.

서로가 각기 다른 나라의 왕이 되어 만나지 못 한 지 5년이 흘렀다. 오랜 시간 동안 샤자만을 보지 못해 그가 보고 싶어진 샤리야르는 곧바로 동생을 자신의 궁으로 초대하는 편지를 썼고 사신이 샤자만을 데리러 사마르칸드로 가게 되었다.

"형님께서 편지를 쓰셨다는 말인가요?"

편지를 받은 샤자만은 눈에 띄게 기뻐했다. 둘은 매우 우애 깊은 형제였다.

"저도 형님이 무척이나 보고 싶습니다. 곧바로 길을 떠나 형님의 나라에 가고 싶지만 사신 일행 분들이 피곤할 테니 사흘 동안 편히 쉰 다음 떠나는 것으로 하지요. 저는 형님께 드릴 선물을 준비해야 하니 사신 일행 분들은 편히 쉬십시오."

선물을 준비하는 샤자만이 행복해 보였다. 까무잡잡한 피부에 도톰한 입술을 가진 그는 많은 사람들이 입을 모아 칭송할 정도로 아름다운 얼굴을 가지고 있었다. 간간이 짓는 미소와 호탕한 성격은 그를 더욱 돋보이게 해주었다.

사흘 뒤, 모든 준비가 끝났다. 사신 일행들도 충분히 쉬었고 선물들도 모두 수레에 실어 날이 밝음과 동시에 출발할 예정이었다. 한밤중이 되었다. 침소에 들 준비를 하던 샤자만은 갑자기 깜박하고 들고 오지 못한 선물이 생각났다. 샤자만은 서둘러 왕궁으로 들어가 선물을 찾기 시작하였다. 하지만 선물은 그 어디에도 보이지 않았고, 결국 샤자만은 침실까지 가게 되었다. 자고 있을 왕비를 생각하며 샤자만은 조심스레 걸음을 옮겼다. 그런데 이게 무슨 일인가. 침실에 들어간 샤자만은 몸이 돌처럼 굳어버렸다. 자신의 사랑스러운 왕비가 왕궁의 흑인 노예와 함께 침대에 누워 있었던 것이다.

'아니, 내가 출발하지도 않았는데 벌써 이런 일을 벌이다니……'

샤자만은 그대로 칼을 뽑아 왕비와 흑인 노예를 찔렀다. 너무 분하고 화가 났다. 그동안 사랑이라 느껴 왔던 왕비의 미소와 애정이 모두 거짓이 되어버렸다. 시체의 사지를 모두 잘라 버린 후 왕궁 밖의 천막으로 돌아왔다. 그리고 날이 밝자 마자 샤리야르의 나라로 출발했다.

샤자만의 일행이 도착하자마자 궁에서는 큰 잔치가 벌어졌다. 샤리야르는 동생을 환히 웃으며 반겨주었고 샤자만도 형을 보고 꽤나 기쁜 눈치였다. 그런데 샤자만은 궁에 온 지 오랜 시간이 지났음에도 불구하고 점점 말라갔다. 샤자만의 안색이 점점 나빠지자 걱정이 된 샤리야르는 의사를 불러도 보고 좋은 약을 달여 주기도 했지만 샤자만의 상태는 호전되지 않았다. 자꾸만 악화되는 몸에 샤리야르는 그 이유를 물어보기도 했지만 차마 왕비 일을 말할 수 없었던 샤자만은 멋쩍게 웃어보일 뿐이었다.

"샤자만, 걱정이 되는구나. 분명 아픈 곳 없이 튼튼한 모습만 보아 왔는데. 못 본 사이에 무슨 일이라도 있었던 거니?"

"걱정하실 필요 없습니다, 형님. 그저 먼 길을 오느라 몸이 고단했을 뿐이죠."

샤리야르는 샤자만에게 함께 사냥을 가는 것이 어떻겠냐고 물었다. 바깥 바람이라도 좀 쐬면 기분이 나아질 것이라는 게 그 이유였다. 하지만 샤자만은 사냥을 가고 싶어하지 않았다. 결국 사냥은 샤리야르와 그의 신하들만 가게 되었고 샤자만은 궁에 남아 쉬기로 했다. 샤리야르는 사냥에 가고 싶어 하지 않는 샤자만을 억지로 끌고 가는 것보다 멋진 사냥감을 잡아 주는 것이 샤자만을 더 기쁘게 해줄 것이라 생각했기 때문이다.

궁에 남은 샤자만은 왕비의 일에 대해 골똘히 생각하며 돌아다니다 엄청 난 광경을 보게 되었다. 창가에 가만히 앉아 정원을 내려다보고 있었는데 갑자기 왕비의 후원으로 통하는 문이 열렸다. 그리고 시녀들의 웃음소리가 나더니 정원 뒤편에서 남자들이 나타났다. 그들은 분수대에서 웃으며 물장 난을 치기 시작했고 몇몇은 옷을 훌러덩 벗어던지기까지 하였다. 더욱 놀라 운 것은 그 다음이었다. 마지막으로 나온 왕비가 나무 뒤쪽으로 슥 가더니 커다란 몸집의 흑인 노예와 걸어 나왔다. 둘은 마치 사랑에 빠진 것처럼 보 였다. 흑인 노예의 손이 왕비의 어깨에 닿아 있었고 왕비는 그것이 매우 익 숙한 듯 미소를 짓고 있었다. 당황한 샤자만은 어쩔 줄 몰랐다. 신이 원망스 러웠다. 어찌 형제에게 같은 고통을 주시는 것일까— 하고.

샤리야르가 돌아왔다. 샤자만은 이 사실을 그에게 알렸다. 처음에는 믿지 못하던 샤리야르였지만 직접 눈으로 사실을 확인하고 차오르는 감정을 제 어하지 못하였다.

"어찌 이럴 수가 있느냐!"

그는 미친 사람처럼 소리를 지르기 시작했다. 악몽의 시작이었다.

애정

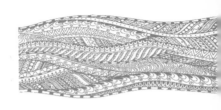

샤리야르는 궁 안의 모든 여자를 죽였다. 그리고 매일 새로운 왕비를 들였고, 또 죽였다. 새로운 왕비들과 잠자리를 가진 그는 다음날 아침이 밝으면 가차 없이 그녀들을 죽였다. 대개 목을 자르거나 화형을 시켜 그 장면을 지루하게 바라보고는 했다. 간혹 심기가 거슬릴 때에는 밤중에 왕비의 눈을 찌른 적도 없지 않아 있었다. 왕비들은 눈물을 흘리며 살려 달라 빌었다. 하지만 돌아오는 것은 샤리야르의 비릿한 웃음과 시퍼런 칼날이었다. 왕비가 된 모든 여자들이 죽었다. 그리고 이 악몽은 3년이라는 시간 동안 계속되었다.

더 이상 왕에게 바칠 처녀가 없다. 처녀를 잡아다 왕에게 바치는 일을 하고 있던 대신은 한숨을 쉬었다. 처녀를 바치지 않으면 당장 어떤 화를 겪을지 모르는 것이었다. 왕의 끔찍한 행동이 계속되자 딸을 가진 백성들은 다른 나라로 도망가기 바빴고 나라는 점점 비어갔다. 앞날이 깜깜했다. 그때였다.

"아버지, 무엇이 아버지를 그리 힘들게 하나요."

"오, 세헤라자데. 나의 총명한 딸아."

대신의 딸인 세헤라자데가 그런 아버지의 모습을 보다 말을 걸어왔다. 대신에게는 세헤라자데와 두냐자데라는 두 딸이 있었는데, 세헤라자데는 여성으로서의 보기 드문 용기와 재치를 가지고 있었다. 그녀는 한 번 읽은 것은 잘 잊어버리지 않으며 독서를 즐겨 하여 지식이 풍부했다. 대신은 너무도 답답한 나머지 세헤라자데에게 자초지종을 설명하게 되었고, 세헤라자데는 그런 대신에게 의외의 제안을 하였다.

"절대 그럴 수 없다. 어찌 그런 말을 하느냐!"

세헤라자데는 왕께 자신을 보내달라는 말을 하였다. 대신은 깜짝 놀라 그녀를 저지하였으나 그녀의 고집을 꺾지 못하였다. 결국 세헤라자데는 다음 날 궁에 들어가게 되었고 대신은 세헤라자데를 믿으면서도 불안을 감출 수 없었다.

세헤라자데와 샤리야르의 첫날밤이 되었다. 세헤라자데는 갑자기 서럽게 울기 시작하였다. 불을 끄려던 샤리야르는 세헤라자데의 그런 모습에 의문이 들었다.

"네가 직접 들어오겠다 한 것으로 알고 있다. 그런데 어찌 그리 서럽게 우는 것이냐?"

"폐하, 저의 동생 두나자데가 보고 싶어 우는 것입니다. 이 밤이 지나고 나면 다시는 보지 못할 텐데, 자비를 베풀어 한 번 만이라도 동생을 보게 해주십시오."

샤리야르는 그 청을 들어주었다. 어차피 내일 아침이면 죽을 몸, 청을 들어 주어도 나쁠 것이 없다고 생각했기 때문이다. 더군다나 그의 아비인 대신은 꽤나 오랫동안 자신에게 충성을 바쳐 온 훌륭한 신하이기기도 했다. 두나자데와 세헤라자데는 만나자마자 부둥켜 안고 울었다. 한참을 울던 그들은 진정되자 서로를 애처로이 바라보았다. 긴 침묵 끝에 두나자데는 말하였다.

"언니, 지금까지 들어보지 못한 재미난 이야기 하나만 해 주시어요. 이 밤이 지나면 언니의 이야기를 들을 수 없을 테니 마지막으로 아주 재미있는 이야기가 듣고 싶어요."

그것은 세헤라자데와 두나자데가 꾸며놓은 각본이었다. 왕은 이야기를 허락하였고, 세헤라자데가 이야기를 시작하였다. 그리고 그 이야기는 날이 밝을 때까지 이어졌다.

| 첫 번째 이야기 |

"저기, 저 사람. 저 사람 말이야. 응, 붉은 빛 의상을 입고 있는."

사실 이런 자리를 그다지 좋아하지 않았다. 온 나라의 돈 많은 귀족들이 모이고, 가면을 쓴 채로 사치를 부리는. 오가는 말 속에 진실이란 하나도 섞여 있지 않은 불편한 자리. 왜 귀족들은 이렇게 시간과 돈 낭비에 열심인지 도통 모르겠단 말이다. 그래서 그들과 한 마디의 말을 섞는 것도 반갑지 않았다. 그저 와인이나 홀짝대며 형식적인 말만 내뱉어야지, 오늘 아침에만 해도 그렇게 생각했었다.

번쩍거리는 옷을 입은 사람들 사이에서 유독 눈에 띈 사람이 있었다. 붉은색 옷을 입고 찌푸린 얼굴을 하고 있는 사람. 어색해 보였다. 무의식적으로 계속 그곳만을 뚫어져라 바라보고 있었던 탓일까, 그녀와 눈이 마주쳤다. 짙은 화장을 하고 있어 제대로 된 눈매를 알아보기 힘들었다. 마시던 와인으로 눈을 돌렸다. 이내 그녀도 눈을 돌린 것 같다.

와인 잔을 다 비울 때 즈음, 내부에 음악이 울리기 시작하였다. 어디선가 들어 본 적이 있는 듯한, 웅장한 느낌의 협주곡. 음악이 나오는 곳으로 눈을 돌리니 아까 눈이 마주쳤던 그녀가 서 있었다. 그녀는 눈을 감더니 춤을 추기 시작하였다. 힘이 있으면서도 어딘가 애달픈 느낌의 춤이었다. 몸짓도 표정도 완벽했다. 그녀의 춤은 음악에 완전히 녹아들었다. 아름다웠다. 나도 모르게 집사를 불러 그녀가 누구냐 물어봤다. 파티를 위해 잠깐 데려 온 이름 없는 무용수라 했다. 저리 아름다운데도 유명하지 못하다니 의문점이 들었다. 그리고 얼마 지나지 않아 나는 그 이유를 알게 되었다.

리본. 그녀의 목에는 검은 리본이 매여 있지 않았다. 검은 리본은 '나는 이미 주인이 있다'라는 의미인데, 천한 직업인 무용수는 스폰서가 없다면 제대로 된 지원을 받지 못해 춤을 추는 것이 어려웠기 때문에 저마다의 주인이 있기 마련이었다. 그런데 그녀는 검은 리본을 하고 있지 않았다. 주변을 둘러보니 험악하게 생긴 늙은 귀족들이 그녀를 흥미로운 눈으로 쳐다보고 있었다.

"마차에 가서 리본 하나만 챙겨 와. 짙은 검은색의 길이가 긴 걸로."

나는 망설이지 않고 그녀의 목에 리본을 채웠다.

바로 그녀를 나의 저택으로 데려왔다. 그녀는 어리둥절한 표정을 지으면서도 아무 말 못하고 묵묵히 따라왔다. 내 방으로 들어왔다. 눈치를 보는 그녀가 느껴져 웃음이 나올 것 같았다.

"그 짙은 화장부터 지우고 좀 씻지그래. 화난 듯한 얼굴을 하고 있군. 아참, 욕실은 저 쪽. 옷도 그곳에 있을 테니 마음에 드는 것으로 입고 나와."

그녀의 표정에 당황했다는 것이 그대로 드러났다. 조금 귀엽다고나 할까. 허둥대며 욕실로 들어가는 모습이 볼 만했다.

화장을 지우고 말끔한 얼굴을 한 그녀의 얼굴도 괜찮다고 생각했다. 생각보다 눈이 작은 것 같았다. 전형적인 동양인의 생김새. 지금 이 상황이 당혹스러운지 발갛게 물든 뺨이 춤을 추던 모습과 많이 달랐다. 방구석에 놓여있던 바이올린을 들었다. 그리고 현을 그어 소리를 내기 시작했다. 즉석으로 손이 가는 대로 연주했다.

"춤 춰봐. 내가 지금 연주하고 있는 이 선율에 맞추어."

"……."

"안 하는 건가?"

그녀는 잠시 주춤하다 춤을 추기 시작하였다. 아름답지만 어딘가 무거운 느낌으로 일부러 더 빠른 곡을 연주했다. 빠르고 경쾌한 소리가 울려 퍼졌다. 하지만 그녀의 춤은 전과 같았다. 빠른 박자에 춤을 추고 있지만 그 음악조차 슬프게 들렸다. 외로운 흑조를 보는 느낌이었다. 외면은 화려해 보이지만 그 내면은 한없이 외로운. 손동작 하나가 이리도 애처로울 줄이야. 그녀의 손을 바라보았다. 그녀의 손목에는 까만 점이 무척이나 많았다. 저게 무얼까 혹시 내가 생각하는 그것일까? 바이올린 연주를 멈추었다.

"손목에 그거. 혹시 네임이야?"

그녀는 말을 잇지 못하였다. 그녀의 손목을 틀어잡았다. 희미하긴 하지만 누군가의 이름이 적혀 있었다. 그것도 까만색. 위험했다.

"잠깐, 그 네임이란 것이 뭐지?"

"폐하, 이 이야기 속에는 운명이란 것이 존재합니다. 태어날 때부터 상대가 정해져 있고 성인이 되기 전 신체에 상대의 이름이 발현되죠. 이것은 거스를 수 없는 운명과도 같습니다."

"본인의 의사와는 관계없는 것인가."

"그렇습니다. 또 상대방의 이름은 다양한 색을 가지고 발현되는데, 이는 상대방의 성격을 나타내죠. 분홍색의 이름이 발현되었다면 그 색과 같이 사랑스러운 사람이, 하얀색의 이름이 발현되었다면 그 색과 같이 깨끗하고 청렴한 사람이 상대인 것입니다."

"검은 색은 무엇을 뜻하지? 좋은 뜻을 가지고 있지는 않을 것 같군."

"검은 색의 네임이 발현된 사람은 몹시 위험합니다. 그 상대는 아마 세상에서 가장 두려운 모습을 하고 있을 겁니다."

"이야기를 계속 풀어나가지. 네임이 발현된 것을 알아차린 후, 그는 그녀를 어떻게 대했지?"

"그런데……. 폐하."

"왜 그러는 것이냐. 계속 말하지 않고."

"아침이 밝았습니다."

"……."

"아직 이야기가 끝을 맺지 못하였지만……. 해가 떠올랐으니 어쩔 수 없군요."

세헤라자데는 처형대에 서게 되었다. 두나자데와 대신은 조용히 눈물을 삼켰고 신하들은 모두 시선을 아래로 내렸다. 끔찍한 장면을 보기 싫었기 때문이다. 그런데 샤리야르의 표정이 이상했다. 멍한 듯 깊은 오묘한 표정에 신하들의 표정만 점점 어두워져 갔다. 샤리야르의 침묵이 계속되자 한 신하가 말했다.

"폐하, 처형식을 계속 할까요?"

"…… 아니, 되었다."

샤리야르는 세헤라자데를 죽이지 않았다. 조용히 왕좌에서 일어난 샤리야르는 세헤라자데에게 말했다. 아주 낮고 무거운 목소리로.

"네 이야기가 끝날 때까지다."

그 목소리는 차갑고 무심했지만, 세헤라자데는 기쁨을 감출 수 없었다. 작전에 성공했다.

"예, 폐하."

환하게 웃는 그녀의 미소가 아름다웠다.

세헤라자데는 침대에 앉아 책을 읽으며 시간을 보냈다. 두어 페이지를 넘겼을까, 자꾸만 지난 시간 동안의 왕이 떠올랐다. 지독히도 외로운 사람이었다. 그는―. 모두가 추악한 왕, 미쳐버린 왕이라며 그를 손가락질 하였지만 세헤라자데의 생각은 달랐다. 자꾸만 왕을 동정하게 되었다. 사랑하는 사람의 부정에 스스로 자신을 가두게 된, 그런 안타까운 사람. 자신이라면 견딜 수 없을 것이라는 생각이 든다. 상처의 쓰라림이 괴로워 더 큰 상처를 내며 고통을 참는 것과 비슷했다. 그에게는 애정이 필요했다.

익숙함

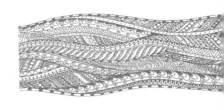

샤리야르는 자신의 행동을 후회했다. 왕비의 부정을 보고 느꼈던 그 참을 수 없는 분노와 상실감. 그것을 다시 느끼고 싶지 않았다. 혹여나 그녀를 계속해서 살려두게 된다면……. 아니, 그것은 불가능하다. 절대 그러지 못할 것이다. 수년 동안 자신이 지켜온 그것은 그 어떤 존재도 깨뜨려서는 아니 될, 그런 신념과도 같은 것이었다. 생각만으로도 숨이 차고 머리가 어지러웠다. 애써 떨리는 눈동자를 날카로이 감춘 그의 모습이 애처로웠다.

두어 시간이 지났을까, 불그스름한 노을에 궁이 모두 잠겼다. 붉은 색이 스며든 궁의 모습은 아름답지만 잔인한 샤리야르를 닮아 있었다. 빛과 어둠의 경계선. 그 오묘한 중간 지점에 샤리야르는 3년째 멈추어 움직이지 못한 것이다.

해가 졌다. 성은 적막 그 자체였다. 샤리야르는 자신의 침소로 향했고 이내 눈을 감고 있던 세헤라자데와 마주쳤다. 검은색이 드리운 어두운 보랏빛 머리카락. 그 위를 장식하는 페리도트 빛 보석과 아주 잘 어울리는 몽환적인 얼굴을 가진 그녀에 샤리야르는 잠시 동안 그녀가 아름답다고 생각했다.

그것이 꽤나 애정 어린 시선이었음을, 그는 모를 것이다.

"아, 깜박 잠이 들었던 모양입니다."

세헤라자데가 눈을 떴다. 그녀는 눈을 뜨자마자 어두워진 밖에 한번 놀라고, 침대 앞에서 저를 바라보는 샤리야르에 또다시 놀랐다. 그녀는 당황하여 잠시 허둥대더니 샤리야르의 눈치를 보기 시작하였다.

"이야기를 계속하지. 밤은 그리 길지 않으니까."

"아……."

"무용수의 손목에 네임이 발현되었다는 것까지 들었다."

"……. 예, 폐하."

한 달이 지났다. 나는 그녀의 네임이 떨떠름하고 거슬렸지만 내색하지 않았다. 그녀가 마음에 들었기 때문이다. 검은색이면 어떠하냐. 충분히 막을 수 있을 것이라 생각했다.

하루 일과가 끝나고 늘 그렇듯 내 방으로 갔다. 그런데 그녀가 없었다. 당연히 침대에 누워 있거나 거울을 보며 춤을 추고 있어야 할 그녀가 없어졌다. 화장실에 갔을까, 욕실에서 샤워를 하고 있을까 싶어 오랫동안 기다려 보기도 했지만 그녀는 없었다. 집안을 모두 뒤졌는데 그녀를 찾을 수 없었다. 늘 집을 지키고 있던 집사를 불렀다. 그런데 집사도 집에 없었다. 무언가 이상했다.

손이 벌벌 떨려왔다. 내가 지금 보고 있는 이것이 진정 사실일까. 이것이 정말 거짓 하나 보태지 않은 사실일까.

"고용주가 되어 집사의 이름조차 알지 못했다는 것이 이런 결과를 초래했겠지. 자네는 검은 색의 네임을 보고도 그 주인을 궁금해 하지 않았으니."

설마. 정말 생각지도 못한 사람이었다. 집사가 범인이었다니. 가지고 있는 인맥이란 인맥은 총 동원해서 찾은 그녀였다. 그런데, 몇 년 간 가족과 같이 집을 지키던 저 사람이 범인이었다니. 까만색 네임의 주인공이었다니. 화가 났다. 참을 수 없이 분노가 끓어올랐다.

"검은 색 리본을 하고 있으면 뭐하나. 네임의 주인공이 이렇게 버젓이 버티고 있는데. 어차피 내 운명이지 않나, 그 무용수는. 내 소유물 좀 맘대로 갖다 썼는데 이렇게나 화를 내다니. 너무한 게 아닌가 싶소."

실실 웃는 저 얼굴을 부서뜨리고 싶었다. 빨리 그를 죽이고 그녀를 보러 가고 싶었다. 챙겨왔던 칼을 들어 그의 심장으로 돌진했다. 그는 옆으로 몸을 잽싸게 피하더니, 비릿한 웃음을 지으며 날 흘겨보았다.

"어차피 지금쯤 세상에 없을 사람인데 그리 애타게 찾으면 어쩌나. 그러면 죽은 사람이 다시 살아나기라도 하나보지?"

말도 안 되는 소리다. 그녀가 이 세상 사람이 아니라니. 그녀가 죽었다니. 눈앞에 보이는 것이 없었다. 칼을 그에게 던졌다. 칼은 그의 팔을 빗겨 떨어졌다. 마냥 눈물이 나왔다. 그의 멱살을 잡고 얼굴을 향해 주먹질을 하였다.

"집사가 피를 흘리며 쓰러지자 그는 그녀의 시체를 찾아 슬픔의 눈물을 흘렸다고 합니다. 한 달 정도의 짧은 사랑이었지만, 그는 그녀를 많이 사랑하였기 때문에 그 깊이는 쉽게 가늠할 수 없었지요."

"비극적인 사랑 이야기군. 이야기 할 거리가 그리도 없었나? 사랑만큼 어리석은 것은 없지. 그것은 나도 잘 알고 있다."

"…… 사랑 이야기가 싫으시다면 다른 이야기도 있습니다. 폐하, 혹시 황금의 땅이라 불리는 엘도라도를 알고 계신가요?"

"처음 들어보는 이름이군. 황금의 땅이라…….'

"황금이 열리는 나무가 있고, 섬이 온통 금빛으로 둘러 싸여 아름다운 모습을 하고 있다고 합니다. 오늘 밤, 이 이야기를 들려 드리겠습니다."

아차, 또 날이 밝았다. 무용수 이야기가 끝나는 대로 세헤라자데를 죽이려 했는데, 엘도라도라는 섬이 너무 궁금했다. 황금의 땅이라니. 이 이야기까지만. 엘도라도까지만 듣고 이야기가 끝나면 그녀를 죽여야지. 또 계획이 하루 밀려나게 되었다.

궁의 정원으로 나왔다. 연못 속의 잉어를 보며 한참 잡생각을 하고 있었을까, 등 뒤로 인기척이 느껴졌다.

"폐하."

뒤를 돌아보니 세헤라자데의 아버지인 대신이 서 있었다. 그동안 마음고

생이 꽤나 심했던 듯 볼에는 살이 없어 쏙 들어가고 눈 밑은 거무튀튀하니 보기 흉했다.

"폐하, 어찌하여 그 아이를 살려 두시는 겁니까."

"왜지? 내가 그녀를 살려두는 것에 있어서 불만을 가지고 있는 것인가?"

대신은 눈에 띄게 놀라더니 손사래를 쳐 가며 나의 말을 부인했다.

"아니, 그게 아니옵고⋯⋯. 그저 그 아이를 가엾게 생각하여 주셨으면⋯⋯. 하는 바람에서 한 말이었습니다. 혹여나 그 아이가 폐하게 거슬리는 행동을 하였거나 하면 부디 노여움을 풀어 주시옵소서⋯⋯."

"그녀가 살 수 있을 거라는 희망을 가지고 있다면 빨리 마음을 정리해야 할 것이다. 내 그녀를 살려 두지 않을 테니까."

대신의 절망적인 얼굴을 보고 싶지 않아 말을 끊고 등을 돌렸다. 아마 가장 참담하고 슬픈 얼굴을 하고 있을 테니까.

날이 어두워지자 빨리 이야기를 듣고 싶어 침소로 발을 옮겼다. 온화한 표정으로 가만히 앉아 있는 세헤라자데의 모습이 익숙했다. 그녀를 만난 지 며칠이 되지 않았음에도 말이다.

"엘도라도. 오늘은 그것에 대해 말해 준다 하였지."

"예, 폐하. 시작하겠습니다."

| 두 번째 이야기 |

"선장님!! 이곳에 작은 섬이 있습니다!!"

전설의 땅, 엘도라도. 각국의 왕들은 엘도라도가 있다는 사실을 안 순간부터 수백의 돈과 시간을 투자하기 시작했다. 그 결과 한 나라에서 엘도라도로 추정되는 섬 하나를 찾게 되었고, 나라는 무서운 기세로 성장하기 시작하였다. 엘도라도를 처음 발견한 배의 선원들은 섬의 모습을 보고 아주 크게 놀랐다. 섬은 아름다웠다. 섬의 가장자리는 눈부신 금빛 모래사장이 반짝반짝 빛났고, 생전 보지 못했던 신비로운 조개껍데기가 그곳을 수놓았다. 돌들은 마치 백조마냥 희었으며 간간이 황금덩어리들도 보였다. 눈을 돌려 시야를 넓혀보면 울창한 숲이 마음을 편안하게 해주었다. 선원들은 숲으로 발걸음을 옮겼다. 숲은 끝이 보이지 않을 만큼 컸다. 하늘을 덮을 듯 뻗어 있는 잎이 넓은 나무가 그늘을 만들어 주었고 그 사이로 무지개빛 새들이 지저귀었다. 넋을 놓고 새들을 구경하고 있을 때였을까, 선장의 눈앞으로 뱁새를 닮은 작은 새가 날아왔다. 그러고는 마치 저를 따라오라는 듯 선장의 모자를 가져가는 게 아닌가. 선장은 새를 따라 더 깊은 숲속으로 들어가기 시작했다. 가는 길에 커다란 구렁이와 새끼 호랑이가 나타나 두려운 마음이 있었지만 선장은 걸음을 멈출 수 없었다.

새가 모자를 떨어뜨렸다. 그리고 선장의 주위를 빙 빙 돌았다. 뛰어오느라 정신이 없던 선장은 모자를 줍고 뒤늦게 주위를 둘러보았다. 선장은 너무 놀라 엉덩방아를 찧을 뻔하였다. 자신이 그토록 찾아 헤매던 엘도라도는, 그 누구의 상상보다 더 웅장하였기 때문이다.

눈이 가는 곳마다 황금이었다. 야자수에는 황금빛 열매가 열려 있고 수십 마리가 넘는 새들은 황금빛 깃털을 가지고 있었다. 작은 연못의 물도, 주변의 흙도 모두 황금색이었다. 믿기지 않는 광경에 선장은 섣불리 움직이지도 못했다. 겨우 정신을 차린 선장은 재빨리 왔던 길을 되돌아가 나라에 이 사실을 알렸다. 왕은 대단히 기뻐하며 당장 그곳을 개발하라 명했다.

엘도라도에 공장이 들어섰다. 많은 황금을 사용해 나라는 점점 강성해져 갔다. 사람들도 점점 부자가 되어 갔다. 작지만 큰 변화가 일어났다. 돈이 많은 사람은 더 부자가 되었고, 돈이 없는 사람은 더욱 가난해졌다. 부자들은 엘도라도에 집을 짓고 땅을 사들였다. 또 공장을 더욱 확대했다. 아름답던 섬의 풍경이 회색빛으로 물들어갔다. 새들은 어느 순간 사라졌으며 금빛 모래도 어두워져갔다. 황금색 샘이 끝없이 나오던 연못은 메말라갔으며 그토록 맑던 하늘도 어두워졌다. 섬은 점점 어두워지더니 어느 날, 완전한 어둠 속에 잠겼다.

사람들은 어둠이 두려웠다. 섬에서 나가려 했지만 육지와 멀리 떨어진 섬 탓에 섣불리 나갈 수 없었다. 사람들의 꿈이었던 엘도라도가 두려움의 대상이 된 것이다. 섬에서는 전기도 통하지 않았다. 빛을 낼 수 있는 그 어떤 것도 없었다. 나무를 마찰시켜 불을 일으키려 해 봐도 섬 안의 나무는 이미 사라진 지 오래이다. 섬 안에 남은 것은 사람의 형상을 한 이기심과 돈 뿐이었다. 사람들은 빛이 그리웠다. 그래서 하늘에 대고 빌었다. 무엇이든 하겠으니 다시 한 번 빛을 내려달라고 수많은 날이 지났을까. 갑자기 하늘에서 커다란 말이 들려왔다.

"본디 인간이란 악한 민족이었거늘, 나는 미처 알지 못했구나."

그 목소리는 웅장했다. 약간의 분노가 녹아 있는 듯 거친, 그런 느낌의.

"엘도라도는 아름다웠다. 너희 인간들이 간단히 망칠 수 있는 그런 하찮은 것이 아니란 말이다."

어느 곳에서 들리는 소리인지 알 수 없었다. 바로 옆에서 들리는 듯 하면서도 섬 전체를 울리는 역량이었다.

"엘도라도의 아름다움을 앗아간 그 대가는 처절히 경험하게 될 테지. 그것을 깨닫는 데에는 그리 오랜 시간이 걸리지 않을 것이다."

더 이상 하늘의 소리는 들리지 않았다. 다만 끝없는 어둠은 사라지지 않았다. 사람들은 절망했다. 빼도 박도 못하게 섬에 갇혀버린 것이다. 아침이 되어도 파아란 하늘과 경쾌한 새소리는 들리지 않았다. 두려움이 최고조에 달했다.

그때였다.

하늘에서 갑자기 커다란 천둥이 울리더니 비가 내리기 시작했다. 비는 이틀가량 계속해서 내리더니 빗발은 점점 굵어졌다. 어느새 비는 작은 건물들을 파괴하기 시작하였다. 약한 건물들의 절반이 사라질 즈음이었을까, 영원히 내릴 것만 같던 비가 멈추었다.

사람들은 밖으로 나와 주변을 살폈다. 지진이라도 일어난 듯 도로가 모두 파괴되어 있었다. 비가 쓸어간 작은 집들의 주인은 모두 사라져 있었다. 그곳에는 사람의 것으로 보이는 핏자국들이 바닥을 수놓고 있었다. 노한 하늘이 드디어 우리를 죽이려 드는구나, 갑자기 모든 것이 현실적으로 다가왔다.

사람들은 걷고 걷다 섬의 중앙에 도착하게 되었다. 그런데 무언가 이상했다. 믿을 수 없었다. 엘도라도의 중앙은 밝은 빛으로 가득했다. 푸른 듯 아름다운 빛의 그것으로. 아름다웠다. 사람들은 홀린 듯 그곳으로 걸어갔다. 그리고 보았다. 끔찍한 시체들을.

시체들은 주변 나무에 아무렇게나 걸쳐져 있었다. 그중에는 아직도 눈을 부라리며 피를 흘리는 잔인한 모습을 한 것도 있었으며, 온몸의 피는 모두 빠져나간 듯 창백한 얼굴을 한 것도 더러 있었다. 한 시체에서 눈알이 떨어져 한 소년의 발 밑으로 굴러왔다. 눈알과 눈이 마주친 소년은 소리를 지르며 뒷걸음쳤다. 멀리서 본 아름다움의 내면은, 이토록 참혹했다.

용기를 낸 중년의 남자가 시체들에 다가갔다. 그리고 발견했다. 시체 주변의 푸른빛을. 시체에서 흘러나온 은은한 푸른색 빛은 여럿이 모여 커다란 아름다움을 만들어냈다. 남자는 시체를 만져보았다. 죽은 지 얼마 되지 않아 보이는 젊은 여성. 빛의 근원지는 그녀의 혈액이었다. 붉은 피에서 푸른빛이 난다. 그리고 그 주변을 가득 메우고 있는 같은 색의 물웅덩이. 남자는 생각했다. 어쩌면 이것이 해결책이 아닐까. 신은 아직 우리를 버리지 않았다. 미소 짓는 남자의 입 속 누런 이가 역겨웠다.

"시체가 빛을 내고 있지 않습니까. 이것을 잘 이용한다면 떼돈을 벌 수 있겠죠."

남자는 어디선가 커다란 병을 구해왔다. 그리고 시체의 피를 짜내기 시작하였다. 사람들은 그를 경멸하는 시선으로 보았지만 선뜻 나서는 이는 없었다. 남은 것 없이 모든 시체의 피를 짜 내었을까, 그는 물웅덩이에 피를 조금씩 떨어뜨렸다. 그러자 물웅덩이는 아름다운 색으로 빛나기 시작하였다. 그 빛은 피를 많이 떨어뜨릴수록 강해졌다. 섬이 밝아지기 시작하였다. 그것도 아주 아름다운 색으로, 몽환적인 분위기를 내며 말이다.

3일이 지났다. 빛은 반나절도 채 되지 않아 사라진다. 남자는 시체에서 짜 낸 피를 계속 사용하다 그것이 바닥나자 무서운 생각을 하기 시작하였다. 그것이 잘못된 것인 줄 알면서도 멈추지 않았다. 살 수 있는 방법은 그것 하나뿐이라 생각했기 때문에.

처음에는 힘없는 아이들을 죽였다. 아이들의 부모는 땅이 꺼져라 오열했다. 하지만 남자는 어느새 그들의 지배층이 되어 있었고, 그를 부정할 시에는 자신의 삶이 보장받지 못하였다. 암묵적인 권력을 내세워 남자는 악행을 망설이지 않았으며 그 정도는 점점 대담해져갔다. 남자는 반쯤 미치기 시작하였다. 더, 더 밝은 빛. 오직 그것을 위하여 그는 닥치는 대로 사람들을 죽였다. 뒤늦게 사람들은 발악해댔지만 소용없는 짓이었다. 결국 마을에는 남자 혼자 남게 되었다. 까맣게 응고되어가는 핏덩이 속에서 그는, 마치 마약을 핀 사람처럼 실없이 웃었다. 온 섬을 뒤덮은 말라비틀어진 시체들 속의 그 처절한 모습이 그와 잘 어울렸다.

"하……, 하하……, 하하하하……!!!"

아마 그는 지금쯤 자신에게 가장 잘 어울리는 모습을 하고 있을 것이다. 온몸의 살이 썩어 악취를 풍기는, 그런 모습의.

"그 뒤로부터 지도에도 표시되지 않은 외딴 섬을 지날 때 남성의 처절한 목소리가 들려온다는 전설이 전해지고 있습니다. 아름답기로만 알려진 엘도라도이지만, 그 내면을 들추어 보기 전에는 아무것도 알 수 없는 법이지요. 그 섬에 누군가가 머무르는지에 따라 엘도라도는 황금의 땅이 될 수도,

시체 섬이 될 수도 있는 것이니까요."

"사람들의 이기심과 남자의 탐욕이 그를 망친 것이군. 애초에 그들이 아무 짓도 하지 않았다면 그런 비극적인 일도 일어나지 않았을 텐데 말이야."

"……. 저, 폐하."

"지금 나를 동정하는 건가?"

"……."

"주제넘은 생각을 하고 있는 것 같군. 나의 3년을 꽤나 우습게 보았나 보지."

아니다. 어찌 감히 한 나라의 왕을 우습게 볼 수 있겠는가. 왕은 슬픈 오해를 하고 있다. 억울함과 그에 대한 감정들이 뒤섞여 눈물이 날 것만 같았다. 그를 위로하기 위함이었던 어두운 밤의 이야기는 그에게 견디기 힘든 비판으로 다가갔을 것이다. 밤새 따뜻해졌던 잠자리에 차가운 공기가 맴돌기 시작하였다.

"다음 이야기는 제대로 된 것을 준비하도록 해. 자꾸 이런 식이면 곤란할 테니."

샤리야르는 차가운 시선으로 세헤라자데를 슥— 보더니 아무 말 없이 나가버렸다.

눈물, 그리고 끝

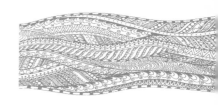

온종일 잡생각이 머리를 지배해 도통 일을 할 수 없었다. 그녀는 나를 동정하고 있었을까. 아니면 미친 왕이라 생각하여 비난하려 하였을까. 나는 그녀를 살려 두어야 할까. 내가 잘 하고 있는 것일까……

그녀는 여태까지의 다른 사람과는 확실히 다른 점이 있었다. 편안했다. 다른 사람과의 불편하고 피하고 싶었던 그 잠자리들과는 달리, 은은하면서도 나른한 그녀 특유의 분위기가 좋았다. 다르다고 느꼈다. 왠지 그럴 것만 같았다.

그런데 그런 그녀가 나를 동정하고 있었다. 아니, 사실은 뒤에서 헐뜯고 있었는지도 모른다. 묘한 기분이 들었다. 내가 왜 그녀를 신경 써야 하는가? 혼란스러웠다. 왜 이리도 그녀가 신경 쓰이는지 알 수 없었다. 일에 집중할 수 없었다. 멍 하니 천장이나 바라보다 잠이 들었던 것 같다.

꿈에 그녀가 나왔다. 그녀는 나를 울 듯한 표정으로 바라보았다. 그녀의 눈이 새빨개졌다. 눈물이 고이더니 이내 툭─ 툭─ 방울져 흘러내린다. 그녀에게 손을 뻗었다. 닿지 않는다. 내 눈에서도 눈물이 흐르고 있는 것 같았다. 그녀는 나를 계속 바라보기만 하더니 입을 달싹거린다. 할 말이 있는 것인가. 벌어질 듯 벌어지지 않는 입술에 애가 탔다. 마침내 그녀가 입을 열었다.

"힘들었죠."

울컥, 그 감정이 파도처럼 밀려왔다. 눈물이 걷잡을 수 없이 흘러내렸다. 아주 짧은, 아주 평범한 문장인데도. 주어도 없는 단순한 문장인데도 내 마음을 흔들기에는 충분했나 보다. 힘들었죠. 그 말을 조용히 곱씹어보았다. 나를 위로해 주는 말. 이 따뜻한 말을 언제 들어보았던가. 아득히 떠오르는 행복한 추억에 아무 말을 할 수 없었다.

"힘든 일은 모두 외부로부터 오기 마련인데, 그걸 헤쳐나가야 하는 것은 결국 자신이라서. 억울해서. 많이 힘들었을 테죠."

위로받고 있구나, 나는.

꿈에서 깨었다. 얼굴에는 언제부터 흐른 것인지 모를 눈물이 흘러내리고 있었다. 눈물을 닦아내고 밖으로 나왔다. 연못에 나의 얼굴이 비쳐 흔들거렸다. 혼란스러운 마음에 아무 것도 하지 못하고 멍하니 서 있었다. 옷을 뚫고 들어오는 찬바람이 매서웠다.

"어찌하여 이곳에 계신 겁니까, 폐하."

뒤에서 그녀의 목소리가 들려 왔다. 익숙하고 편안한, 꿈속에서 나를 위로 해 주었던 목소리가. 뒤를 돌아보기 두려웠다. 참지 못하고 울어버릴까 봐 창피한 모습을 보이게 될까 봐.

"어서 침소에 드시지요. 바람이 찹니다."

"……."

"…… 폐하?"

참지 못하고 그녀를 안아 버렸다. 그리고 울었다. 얼마 만에 느껴 보는 따뜻한 온기일까. 그녀가 좋았다. 나는 세헤라자데가 좋았다. 아무 말 하지 않고 나를 안아 주는 이 사람이, 이 여인이. 오랜 여행 끝에 집에 온 기분이었다.

"너 또한 나를 떠날 것이냐."

"폐하. 저는 폐하의 사람입니다."

"……."

"두려워하지 마십시오. 저는 폐하를 떠나지 않습니다."

그녀의 말이 진심이라 느껴졌다. 의지하고 싶어졌다. 그녀라면 나를 위로 해 줄 수 있지 않을까. 나에게 소중한 사람이 되어 줄 수 있지 않을까.

"나를 떠나지 않을 것이라 약조하겠느냐."

"…… 예, 약조하겠습니다."

"…… 오늘 들려줄 이야기는 무엇에 관한 이야기더냐. 빨리 침소로 가자."

"예, 폐하."

샤리야르의 뒷모습을 바라보던 세헤라자데는 옅게 웃었다. 드디어 저 외로운 왕께서 마음을 여셨구나. 괜히 마음이 뿌듯하고 벅차올랐다.

성은 3년 전의 활기찼던 모습으로 돌아왔다. 신하들은 바뀐 왕의 모습에 놀라면서도 기뻐했다. 샤리야르는 세헤라자데의 충고를 들어가며 바른 정치를 하고자 힘썼고, 딸을 데리고 다른 나라로 도망쳤던 백성들도 하나 둘 돌아오기 시작하였다. 궁에 사람이 가득 차게 되었고 궁인들은 제자리를 찾아 갔다. 다만, 하나 달라진 것이 있다면…….

"후궁을 들일 수는 없지 않느냐."

샤리야르가 후궁을 거부한다는 것 정도일까.

"나에게는 왕비만 있어도 충분하다. 기다려 보거라. 내 금방 왕비의 회임 소식을 들려줄 터이니."

뭐, 이 정도면 꽤나 행복한 결론이 아닐까 생각한다. 오랜 시간 동안 이어진 끔찍한 악몽이, 비로소 끝을 맺은 것이니 말이다.

KADER

김새려

1

슬쩍 올려다 본 하늘이 어두웠다. 석식을 먹으며 올려다봤던 붉은 끼가 남아 있는 파란 하늘은 저 너머로 사라진 지 오래였다. 오늘 따라 좀 더 까매 보이기도 하고. 하늘에 많이 떠 있던 작은 별들이 오늘은 많이 보이지 않았다. 아쉬웠다.

내가 살고 있는 이곳은 도시와는 조금 떨어져 있는 시골이다. 나는 전교생이 20명쯤 되는 아주 작은 학교에 다니고 있다. 옛날에 살았던 도시와는 달리 따뜻하고 평화로운 곳이었다. 머리를 울리던 도시의 소음은 없고, 기껏해야 작은 청개구리들이 울어대는 정도. 왜 우리 부모님께서는 진작 이사 오지 않고 그곳에서 살았던 걸까.

사실 처음 왔을 때는 너무 지루했다. 영화관도 없고 노래방도 없다. 학교 앞 작은 문구점에 있는 버튼 두어 개가 달린 구시대적인 게임기를 제외하고는 나무와 논이 전부였다. 비가 많이 와 마을 전체가 정전이 되는 날에는 TV도 볼 수 없고, 휴대폰도 충전하지 못해 멍하니 앉아 벽지만 바라보고 있었다. 내가 생각해도 얼마나 할 일이 없었으면 그러고 있었을까 싶다.

유난히 짙은 색을 하고 있는 하늘을 보며 이런저런 생각을 하다 창문을 닫았다. 얼핏 본 시계의 바늘이 꽤나 높은 숫자를 가리키고 있는 것을 알았기 때문이다. 시간이 벌써 이렇게 되었네. 빨리 씻어야겠다.

대충 챙긴 속옷과 갈아입을 옷을 들고 밖으로 나갔다. 시골이다 보니 욕실이 집 안에 있지 않았기 때문이다. 사실 많이 불편하다. 이사 온 첫날 밤, 화장실에 너무 가고 싶었지만 새벽 2시가 넘은 한밤중에 나가기는 무서워서 동이 틀 때까지 기다렸던 기억도 있다. 또 눈이 펑펑 쏟아지던 한겨울에 화장실 한번 가겠다고 패딩에 목도리에 유난을 떨었던 걸 생각하면 아직도 치가 떨린다. 지금은 여름이라 망정이지. 겨울이 되지 않았으면 좋겠다.

나무로 된 문을 열고 밖으로 나가니 마당에 엄마가 들어오고 있었다. 자기 키를 훌쩍 넘는 거울을 들고 말이다. 들고 있던 속옷을 내려놓고 거울을 드는 것을 도와주었다. 무거워보였기 때문이다.

"거울?"

"응, 누가 우리 집 앞에다 버려놨는데 멀쩡해 보여서. 우리 집에 전신거울 없지?"

"전신거울은 없지. 근데 좀 찝찝한데……. 남이 쓰던 거잖아."

"아무 이상 없어. 깨끗하기만 한데, 뭐."

엄마가 거울을 주워 왔다. 테두리가 까만색인 전신거울인데 누가 쓰다 버린 것 같지 않게 깨끗하고 예뻤다. 엄마가 몇 번 더 닦으니 반짝반짝 광도 나는 것이 마치 새것 같았다.

거울은 내 방에 두고 쓰기로 했다. 그렇지 않아 보여도 분위기를 중요시하는 엄마가 거실의 분홍색 벽지와 거울이 어울리지 않는다며 내 방으로 거울을 옮겼다. 하얀색 벽지에 단색의 가구가 많은 내 방에서 그 거울은 위화감 없이 잘 어울렸다. 물건이 하나 더 늘어 내 방이 더 좁아진 것만 같은 느낌이 들었지만 그래도 뭐, 전신거울이 생겼으니까. 내 방에는 작은 거울밖에 없어서 옷을 입고 전신을 비추어 볼 수 없어 불편했는데 잘 되었다 생각했다.

"이번에는 깨지 말고 오래 써. 또 아까운 거울 깨먹지 말고."

"아 알았어, 엄마."

옛날에 거울 깬 일을 왜 지금 말하는 거야. 그리고 정확히 말하면 내가 아니라 엄마가 청소하다가 잘못 건드린 거면서.

방 한구석에 놓인 거울을 보다가 몸이 많이 찝찝함을 느꼈다. 그제야 바닥에 놓인 속옷을 떠올리고 후다닥 욕실로 뛰어갔다. 더 늦어지면 진짜 무섭단 말이야. 안 그래도 어두운데 한밤중의 불이 다 꺼진 시골은 정말 아무것도 보이지 않으니까. 빨리 씻고 나와야겠다.

개운하게 씻고 나오자 마을은 온통 어둠이었다. 그래도 밤 10시까지는 마을에 불이 켜져 있는데 오늘은 왜 그런지 온통 불이 꺼져 있었다. 단체로 일찍 자기 운동이라도 하는 걸까. 씨이, 오늘은 별도 안 보여서 더 까맣단 말이야. 누가 쫓아오는 것도 아니지만 전속력으로 마당을 가로질러 집 안으로 들어왔다. 내 방으로 들어와 문을 탁 닫고서야 참고 있던 숨을 내쉴 수 있었다.

"무섭니?"

헉, 온몸에 소름이 쫙 끼쳤다. 한 번도 들어 본 적 없는, 낯선 목소리가 내 등 뒤에서 들려왔기 때문이다. 귀신인가. 아니면 저승사자? 잘못 들었겠지, 하며 살며시 몸을 돌렸다. 뒤로 돌자마자 심장이 그대로 멈추는 느낌이 들었다. 허연 얼굴에 빨간 눈동자를 가진 남자가 혼란스러워 하는 나를 보고 씨익― 웃어보였기 때문이다.

"끕."

그날, 나는 난생 처음으로 기절이란 것을 해 보았다.

2

새벽을 알리는 우렁찬 수탉의 소리가 귀에 머물렀다 가고, 온몸을 감싸는 따스한 햇살이 느껴졌다. 기분 좋게 눈을 뜨니 밤에 무슨 일이 있었냐는 듯 평화로운 시골 그 자체였다. 역시 너무 무서운 나머지 환시를 본 거야. 그렇게 생각하니 내가 좀 한심스럽게 느껴지기도 했다. 겁이 이렇게 많아서야. 이제부터는 초저녁에 씻고 일찍 자야지.

사실 눈을 뜨면서도 어제 그 남자가 그대로 있으면 어쩌나 하고 걱정을 했다. 소심하게 눈을 뜨고 방을 둘러보니 그런 나 자신이 이상하게 느껴질 정도로 아무것도 없었다. 평소와 달라진 것이라곤 그저 구석에 거울이 하나 더 놓여 있다는 것. 뻐근한 뒷목을 주무르면서 일어나 앉으니 이마가 좀 아픈 것 같기도 하다. 슥 만져보니 엄청 커다란 혹이 나 있었다. 어, 이거 왜 이러지.

"어제 쓰러졌을 때 문고리에 박았어. 네 이마."

흠칫,

"잘 자던데?"

막 자다 일어나 헝클어진 내 머리를 스윽ㅡ 쓰다듬는 차가운 손가락이 느껴졌다. 어제 본 그것이 환시나 꿈이 아니라 진짜였던 거야? 아니, 아니야. 지금 이것도 꿈일지도 몰라.

"꿈 아니고. 환시는 더 아냐."

"……."

"나 배고파. 밥 줘."

신이시여. 대체 이게 무슨 일이란 말입니까.

놈은 굳어 있는 나를 보더니 문을 열고 나가버렸다. 그러고는 부엌으로 가 냉장고며 선반 위며 부엌을 잔뜩 어지럽히기 시작하였다. 왜 집에 라면밖에 없어? 그렇게 물어오는 놈이 무섭기도 하고 짜증나기도 했다.

"아, 왜 남의 집을 뒤져!!!"

"……."

"…… 요."

"나 배고프다니까."

놈과 눈이 마주쳤다가 다시 한 번 심장이 멎을 뻔 했다. 하얗다 못해 시퍼런 색을 하고 있는 피부. 연예인들이나 쓰는 새빨간 렌즈에 언더까지 꽉꽉 채운 아이라인. 혹시 영화배우야? 근처에 사극이라도 촬영하나, 그런 생각이 들 정도로 그는 기이한 모습을 하고 있었다. 패기 넘치게 반말로 소리쳤지만 그 빨간 눈으로 나를 뚫어져라 쳐다보는데 저절로 무릎을 꿇고 싶었다. 결국 소심하게 뒤에 존댓말을 붙였다. 내가 생각해도 진짜 찌질하다, 찌질해.

결국 선반 위 남아 있던 마지막 라면은 놈의 뱃속으로 들어가게 되었다. 아니, 내가 왜 이러고 있는 거지? 이놈이 누군지도 모르는데 왜 이러고 있는 거야! 내 소리 없는 아우성을 듣기라도 한 건지 놈은 라면을 먹다 말고 고개를 들어 나를 쳐다봤다.

"그렇게 억울하면 같이 먹던가."

픽— 웃는 놈의 입술이 얄미웠다. 벌써 냄비 바닥이 다 보이는데 뭘 같이 먹어.

"오늘부터 신세 좀 진다. 아, 부모님한테는 안 들키게 할 테니까 안심하고."

"…… 네?"

잘못 들은 건가 싶었다. 한밤중에 방에 몰래 들어와 날 기절까지 시키고 라면도 뺏어 먹더니 이제는 같이 살자고 한다. 주거침입죄로 확 신고해도 모자랄 판에 되도 않는 소리를 하는 놈이 어이가 없어 놈의 팔을 잡고 마당으로 끌고 갔다. 아니, 끌고 가려 했다. 아무리 움직여 보려 애를 써 봐도 놈은 꿈쩍도 안했다.

"네가 뭘 어떻게 해도 내 집이 여기 있는 이상 어쩔 수 없어. 그냥 매일 밥만 주면 돼."

"여긴 우리 집이거든요? 댁 집이 어디 있던 내 상관 할 바 아니니까 빨리 나가요."

"아, 글쎄 이제 너희 집이 우리 집이라니까?"

"하숙생 받은 적 없고 이사도 안 가요. 진짜 왜 이러시는 거예요. 나가요, 나가."

"어제 거울 들고 왔잖아."

"…… 뭐라고요?"

"거울. 맘대로 내 집을 옮겼으면 책임은 져야 할 것 아니야."

진짜 이 남자가 미쳤나. 남자는 멋대로 자기 물건을 옮겼다며 도리어 화를 내었다. 오랜만에 맘에 드는 장소를 발견했는데 그걸 옮겨 놓으면 어쩌라는 거냐. 하며 이해 못할 말만 늘어놓는 남자. 그의 말을 들으면 들을수록 그가 진짜 미친 것처럼 느껴졌다. 아니, 이 남자 제정신이야? 머리가 어떻게 된 거 아니야?

"그러니까, 그 거울이 당신 집이라고요?"

"응."

"그걸 지금 나보고 믿으라고? 이 미친놈아?"

더 이상 못 참아. 아무리 촌구석이라 해도 경찰 정도는 있겠지. 내 방으로 뛰어 들어와 이불을 들춰 배터리가 20% 정도 남은 휴대폰을 꺼내들었다. 패턴을 풀고 재빨리 번호를 누르려고 했는데, 나보다 1.5배는 더 큰 것 같은 투박한 손이 그런 나를 제지했다.

"신고 해도 아무도 안 믿어 줄 걸."

"핸드폰 줘요! 진짜 신고 할 거예요!"

"나, 참. 한번을 안 믿어 주네."

그는 곤란한 듯 머리칼을 몇 번 쓸어내리다가 잘 봐, 하고는 거울 앞으로 다가갔다. 그래놓고 갑자기 도망가겠지. 이 사람이 신고당하기 싫어서 연기까지 하나 싶어 더 어이가 없어졌다.

"핸드폰 주고 빨리 나가면 신고 안 할게요. 빨리 주세요."

짜증이 섞인 목소리에 꽤나 공격적인 말투였다. 아직도 핸드폰을 줄 생각이 없는 모습에 그의 팔을 잡고 강제로 핸드폰을 빼앗으려 했다. 팔을 몇 번 흔들다가 때리기도 하고 할 수 있는 짓이란 다 해보았지만 그에게서 핸드폰을 빼앗기란 나에게 무리인 것 같았다. 그냥 집전화로 신고하지 뭐. 포기하고 등을 돌려 거실로 나가려 했다.

　그때였다.

　"놀라지 말고 잘 봐."

　거울 앞에 서 있던 놈이 엄청 밝은 빛과 함께 거울 속으로 빨려 들어간 것을, 나는 내 눈으로 직접 보고도 믿을 수 없었다.

3

　사실 누구나 이런 상상 한 번쯤은 해 보았을 것이다. 늑대인간이나 마법사 같은 말도 안 되는 판타지를 상상하고, 그것이 만약 허구가 아닌 사실이라면 하는 생각을. 관련된 책도 많고 영화도 엄청 많다. 대부분이 그런 판타지적 요소들을 두려워하지만 한편으로는 기대한다. 과학적으로 설명할 수 없는 세계의 기이한 현상들을 보며 외계인을 상상하고, 혹여나 외계인이 나타났다는 소문이 돌기 시작하면 아무리 관심을 가지지 않는 사람이라도 슬쩍 흥미를 가지고는 한다. 어쩔 수 없는 것이라 생각한다. 우리와는 다른 모습을, 우리와는 다른 능력을 가지고 있는 것들에 대한 흥미. 그리고 그 흥미로 인한 궁금증을 해소시키려는 욕구. 그것들이 모여 수많은 과학자들의 열정이 되기도 하고, 갈등을 일으키기도 한다. 그 판타지가 사실이라는, 허구가 아님을 주장하는 쪽과 과학적 근거를 들며 그것은 허구일 뿐이라고 주장하는 쪽으로 나뉘어 진흙탕 싸움을 일으킬 것이다. 그리고 나는, 그것이 소설에서나 등장하는 허구라고 주장하는 쪽에 훨씬 더 가까웠고.

　그래서 이 상황이 난 더 믿기지 않는다. 분명 여태 살아오면서 철저히 거짓이라고 생각했던 것이 오늘로써 사실이 되었다.

　거울이 불길하다고, 버리자고 엄마한테 볼멘소리를 여러 번 했다. 그런데 엄마는 하나도 불길하지 않다며 도리어 나에게 잔소리를 하였다. 어젯밤과 오늘 아침 엄마가 없을 때 있었던 이야기를 하니 엄마는 내 이마에 손을 대 보고는 '열은 없는데······.' 하며 나를 환자 취급했다.

결국 거울을 버리는 것에 실패하고 거울을 노려보는데 거울 속의 놈과 눈이 마주쳤다. 놈은 나를 빤히 보더니 '나 버릴 거야?' 하며 비 맞은 강아지 같은 표정을 해 보인다. 저 얼굴에 저런 표정을 하니 더 무서워 보이기도 하고. 그를 흘겨 보다 흥, 하고 고개를 돌리니 어느새 옆으로 온 그가 잔뜩 치 대기 시작했다.

"이왕 같이 사는 건데. 밥 한 끼 주기가 그렇게 싫어?"

"사람인지 괴물인지도 모르는데 밥을 줘요?"

"음······. 딱 보면 견적 나오지 않나?"

재수 없는 말투. 한 번쯤 꼭 때려보고 싶은 표정. 말보다 행동이 먼저 나갈 것 같았지만 그렇게 행동했다간 내가 먼저 없어질 것 같아 차마 그러진 못 하겠다.

"그냥 다른 세계 사람이라고 생각해. 그럼 편하잖아."

"아, 예."

"너 이사 갈 때까지는 신세 좀 질게. 뭐, 딱 보니까 이사 온 지 얼마 안 된 것 같기는 해. 우리 오래 보겠네?"

내 이름은 카이. 잘 지내보자. 그렇게 말하는 놈의 입술을 쥐어뜯고 싶다 고 생각한 건 평생 비밀이다. 평생.

아무튼 그렇게 그와의 동거 아닌 동거가 시작되었다. 동의한 사람도 없고 허락한 사람도 없지만 그는 우리 집에 눌러 붙게 되었고, 나는 때가 되면 그 에게 라면을 바치는 속칭 라면셔틀이 되었다. 그는 또 라면이냐며 먹을 때 마다 투덜거렸지만 그는 단 한 번도 남김없이 바닥까지 싹싹 긁어 먹었다. 부모님께 들키지 않기 위해서 부모님이 일을 나가신 후, 집에 아무도 없는 틈을 타 숨겨놓은 라면을 꺼내는 내가 한심하게 느껴질 때도 있다. 아니, 사실은 매일 느낀다. 대체 내가 왜 이러고 있지. 그에 대한 소심한 복수로 스프를 반만 넣는다거나 일부러 한참 끓여 불어터지게 만든다거나 하는 자잘한 것도 어느새 익숙해져 가고 있었다.

4

난 수학이 싫다. 시골 학교에서는 도시와는 뭔가 다른 것을 배울 거라 생각했다. 꽃의 이름이나 여러 가지 자연에 관련된 것들을 배우지 않을까, 나는 그렇게 막연하게 생각했었다. 때문에 첫 수업을 듣고 난 후, 나는 크게 실망할 수밖에 없었다. 도시에서도 똑같이 배우던 복잡한 수학공식과 영어단어들. 도시와 같은 익숙해져버린 교과서들. 원래 나라면 몇 번 듣지도 않고 책상 위에 엎어졌겠지만 첫 수업부터 그럴 수는 없어 하는 수 없이 그 지루한 수업을 모두 들었다. 시골에 오면 공부에서 좀 벗어날 수 있지 않을까, 그리 생각했던 과거의 내가 불쌍했다. 숙제도 엄청 많다. 특히 머리카락이 몇 가닥 없어 한곳이 텅 빈 머리를 하고 있는 고리타분한 수학선생님이 숙제를 내주시는 날에는 밤이 깊을 때까지 잘 수 없었다. 어렵기도 엄청 어렵고 양도 엄청 많았기 때문이다.

오늘이 바로 그 날이다. 수학선생님께서는 평소보다 두어 배는 되는 숙제 양을 내어 주셨다. 학교에서 돌아오자마자 책상 앞에 앉아 숙제를 했다. 하지만 시계바늘이 12를 가리키는 이 시간에도 나는 마음 놓고 침대에 누울 수 없다. 하필이면 내일 바로 수학이 들었기 때문에 오늘 다 하지 못하면 분명 혼이 날 것이 뻔했다.

다시 한 번 말하지만 난 수학이 싫다. 수업시간에도 대놓고 졸진 못했지만 수업을 듣는 척 딴 짓을 하느라 머리에 남아 있는 것은 거의 없었다. 그런 내가 숙제를 할 수 있을 리가. 수많은 문제 중 10문제도 채 풀지 못하고 한참을 끙끙대고 있었다.

"에게, 이런 쉬운 문제도 못 푸는 거야?"

얼마나 자주 이렇게 등장했으면 이제 놀랍지도 않다. 이제는 익숙해진 카이를 무시하고 계속 문제를 푸는 데 집중하였다.

"머리는 장식이냐? 그걸 그렇게 풀게?"

"네, 제 머리가 장식이라 이걸 이렇게 밖에 못 푸나 봐요."

옆에서 깐족대는게 마음에 들지 않았다. 일부러 비꼬는 식으로 답을 했는데 그걸 이제 알았냐는 듯이 어이없는 표정을 하는 카이가 그렇게 얄미울 수가 없다. 짜증나서 내일 혼이 나든 어쩌든 풀던 문제집을 확 덮어버렸다. 어차피 혼날 텐데 그냥 안해야지. 이정도면 많이 했다고 생각한다. 몇 시간을 책상 앞에 앉아 있었던 것도 장하다, 장해.

문제집을 덮고 따뜻한 이불 밑으로 들어가 휴식을 취하려고 하자 이불을 잡아끄는 손길이 있었다. 그것이 누구인지는 뻔해 반항을 하듯 이불을 잡고 놓지 않자 '나 심심해.' 라고 말하는 저음의 목소리. 이제 잘 거니까 안 된다고 저항을 해보지만 난 영원히 카이에게 이길 수 없을 것이다. 이 사람은 매일 라면만 먹고 살아도 이렇게 힘이 넘치는구나. 아, 사람은 아니었지. 그래서 그런가.

"나는 잠 안 자는거 알잖아. 좀 놀아줘."

"저는 인간이라 자야 하거든요."

"하루 안 잔다고 안 죽어."

"저는 죽어요."

꽤 단호하게 거절했다고 생각했는데. 결국 이불을 들춰내고 자리에 앉게 되었다. 네 세계 가서 노세요. 그렇게 말하자 카이는 지금 다들 바빠. 하고는 퍼질러 눕기 시작했다.

"뭐 하고 놀 건데요."

"이야기 해줘. 네 이야기."

"그쪽한테 말할 거 없는데."

"철벽도 어지간히 쳐라. 같이 산 지 일주일이 넘었는데."

철벽은 무슨 철벽. 내가 진짜 철벽을 치려고 작정했으면 이미 넌 우리 집에서 쫓겨난 뒤겠지. 카이는 내가 말을 하지 않고 버티는 듯하자 어쩔 수 없지, 하며 바로 앉았다.

"그럼 내 이야기 듣던가."

딱히 거절할 필요는 없어서 고개를 끄덕였다. 그에 대해서는 많은 것들이 궁금했으니까.

"졸지 말고 잘 들어. 다시는 말 안 해."

잠시 생각에 빠지는 듯 눈을 감았다 뜬 그는 만약에 말이야, 하며 말을 시작했다.

많은 생각을 했던 것 같다. 조곤조곤 말을 내뱉는 카이가 아주 조금은 불쌍하다는 생각도 들었고 많이 외로웠겠다 하는 생각도 잠시 머물렀다 갔다. 징그럽다고 생각했던 저 빨간 눈동자가. 내 생각보다 훨씬 많은 것들을 담고 있었구나. 눈물은 보이지 않았던 그이지만 속으로는 참 많이 울었겠구나 싶었다.

학교나 학원에 가면 그리고 굳이 그것이 아니더라도 자주 듣는 이야기가 있다. 넌 행복한 거야. 다른 아이들과 비교해 보렴. 너는 행운을 타고난 아이야. 나는 그 말을 별로 좋아하지 않았다. 그건 내 무한한 발전 가능성을 억누르는 말이라고 생각했다. 옛날 사람들과 비교해서 난 행복하다. 전쟁이 일어난 직후 먹을 것이 없어 죽어가던 사람들에 비해서 나는 행복하다. 하지만 태어날 때부터 나라에서 손꼽히는 집안에서 태어나 할 수 있는 모든 것들을 누릴 수 있는 아이보단 불행하다. 당연한 거다. 그렇기 때문에 난 그 말을 싫어한다. 내가 무엇인가 불평이 섞인 말을 하면 어른들은 그렇게 말한다. 넌 행복한 거야. 옛날에 어른들은 얼마나 힘들었는지 아니? 그것에 비하면 지금 네가 겪고 있는 어려움은 아무것도 아니야. 그렇게 말하며 내 아픔을 아무것도 아닌 듯이 취급한다. 어린 아이에게 불행은 부모님께서 장난감을 사 주시지 않는 것이 있을 것이고 학생들에게 불행은 다른 학생만큼 성적이 나오지 않는 것이나 원활하지 못한 친구관계 정도가 있을 것이다. 사람마다 불행의 기준은 모두 다르다.

그런데 그 말이 조금은 이해가 가는 순간이었다. 카이의 과거는 안타까웠고, 내가 여태 살아왔던 삶은 아주 풍족한 수준이었다. 인간이 아니더라도 생각하는 방식은 다 같구나. 이제는 담담하게 말하는 과거이지만 그 당시는 얼마나 힘들었을까 싶어 오지랖 넓게도 눈물이 나올 것만 같았다.

처음에는 조금만 듣다 자려고 했다. 하지만 조금씩 말을 내뱉는 카이의 모습이 많이 진지해 보여 차마 그럴 수 없었다.

5

"오래 집에 가지 않아도 괜찮은 거예요?"

"상관없어. 이틀 정도잖아."

방학을 했다. 방학을 하자마자 가족들과 같이 여행이라도 가고 싶었는데 부모님께서 일이 바빠 갈 수 없게 되었다. 하는 수 없이 여행을 포기해야 하나 싶었다. 하지만 나는 바다에 너무 가고 싶었고, 부모님께 혼자라도 바다에 다녀오겠다고 말했다. 전에도 몇 번 이런 적이 있었던 터라 부모님께서도 쉽게 허락해 주셨고, 그런 나를 옆에서 바라보던 카이는 같이 가자며 나를 설득해왔다.

카이가 밖에 나가기 위해서는 많은 준비가 필요했다. 우선 가장 눈에 띌 빨간 눈부터 가려야 했고 눈가의 파인 자국을 가리기 위해서 뿔테 안경을 써야 했다. 까만 렌즈를 끼고 평범한 학생처럼 차려입은 카이는 생각보다 훨씬 멋있었다.

"이거 너무 불편한데."

"이곳에서 빨간 눈은 환자밖에 없다고요. 사람들 눈에 띄면 여행 못해요. 그냥 집에 올 거야."

렌즈를 껴서 눈이 불편해지자 카이는 투정을 했지만 같이 여행을 가지 못한다는 말에 수긍하고 고개를 끄덕였다.

마을버스를 타고 시내로 나가 버스를 몇 번 갈아타자 창문 너머로 반짝거리는 수평선이 보이기 시작하였다. 기대가 되었다. 바다는 오랜만에 와 보니까.

"처음 와봐. 바다는."

가만히 창문 밖을 바라보고 있자 카이는 옆에서 말을 걸어 왔다. 사실 많이 놀랐다. 나보다 더 오래 살았을 텐데 바다에 한 번도 와보지 않았다니. 카이의 세계에는 바다가 없다고 했다. 진작에 메말랐다고. 바다는 아주 옛 조상들이 살던 시대에 있던 전설과도 같은 것이라고. 카이의 말에 묘하게 기대감이 서려 있었다. 빨리 바다를 보여주고 싶었다.

몇 년 만에 다시 와보는 바다는 아름다웠다. 그때와 다를 바 없이 항상 반짝거렸고 많은 사람들의 꿈을 담고 있었다. 눈을 감고 숨을 깊게 들이마시자 시원한 바다 내음이 가슴속에 깊숙이 밀려 들어왔다. 자연스레 힐링이 되는 느낌이었다.

고개를 돌려 카이를 보니 많이 놀란 듯 해 보였다. 그는 바닷물을 손으로 슬쩍 만져 보기도 하고 두 손 가득 담아 보이기도 했다. 손가락 사이로 빠져나가는 물을 보며 아쉬움의 탄성을 내뱉기도 했다.

"신기해."

재미있는 것을 발견한 아이 같다고 할까, 멀리 떨어져 있던 가족을 재회한 사람 같다고 할까 카이의 모습은 그렇게 보였다.

모래밭에 앉아 카이를 가만히 바라보고 있었을까, 카이는 어느새 내 옆으로 와 나와 같은 곳을 바라보고 있었다. 그의 입술에 옅은 미소가 머물러 있는 것을 보아 그는 바다가 마음에 들었나 보다. 데려오기 잘했다는 생각이 들었다.

"내가 사는 곳에는 바다가 없어. 삭막한 곳이야, 그곳은."

"……."

"고맙다는 말을 하고 싶어. 데려와줘서."

"뭘요. 어차피 오려던 곳인데."

"카데르에도 바다가 있었으면 다들 조금은 달라졌을까."

얼핏 들었던 이름이다. '카데르' 그가 사는 세계. 그에게 아픔을 주었던 그의 세계. 카이는 카데르의 사람들이 한없이 이기적이고 자기중심적인 이유 중 하나가 바다 때문일 거라고 했다. 바다를 보면 이렇게 가슴이 뛰고 마음이 편안해지는데 그곳 사람들은 바다를 느낄 수 없으니까. 차가운 육지뿐이니까. 안타깝다는 그의 말에 조금은 동의 할 수 있었다. 나도 바다를 보며 마음을 치유하니까.

"카데르는 어떻게 생겼어요?"

"……."

"보고 싶어요. 카데르."

"…… 안 돼."

그렇게 말하는 카이가, 불안해 보였다면 착각이었을까.

6

꿈을 꾸었다. 나는 처음 보는 곳에 놓여 있었다. 아무것도 없는 듯 무(無)

의 상태로 보이는 듯하면서 동시에 나를 휘감아오는 몽환적인, 알 수 없는 무언가가 존재했다. 그것의 존재를 알아차리자 하늘은 온통 분홍색을 띠어 따뜻한 느낌을 주었다. 손을 뻗었다. 다가가고 싶었다. 하지만 그런 나를 막는 손길이 있었다. 익숙했다. 그 느낌. 그 손길이 나를 잡아오자 아름다웠던 풍경은 사라지고 색이 점점 짙어지기 시작했다. 외로운 색이었다. 회색에 가까운 분홍색. 바뀐 모든 것이 두려웠다. 이상한 소리가 들렸다. 무언가 터지는 듯한 거대한 폭발음을. 꿈이었기 때문에 대수롭지 않게 넘긴 부분이었다. 그것이 나에게 어떤 결과를 가져다 줄지도 모르고 말이다.

지붕이 뚫려 있었다. 눈을 뜬 나의 바로 앞에 보인 것은 늘 보던 하얀 천장이 아니라 회색빛이 도는 하늘이었다.

정신이 번쩍 들었다. 손이 벌벌 떨려오고 심장이 마구 뛰었다. 문고리가 부서져 달랑거리는 문을 열고 밖으로 나왔다.

없다. 부모님이 없었다. 눈물이 터져 나왔다. 무슨 일이 있었던 것인지 집 안은 온통 풍비박산이 나 있었고 그 가운데 서 있는 나는 처량해 보였다. 밖으로 나와 보니 다른 집도 마찬가지였다. 여태 이런 일이 벌어지고 있는 동안 나는 잠이나 자고 있었다는 생각에 죄책감이 밀려오기 시작했다.

"울지 마."

이제는 익숙해져버린 목소리가 나를 위로해왔다. 눈물이 걷잡을 수 없이 흘러내렸다.

"도망가야 해. 오고 있어, 그것들이."

카이가 말을 마치자마자 머지않은 곳에서 엄청난 굉음이 들렸다. 카이는 거울 속으로 나를 이끌었다.

"이곳에 계속 있다간 죽을 거야. 빨리 가자."

바로 옆에서 폭발음이 들렸다. 탄 냄새가 코를 찌르고 먼지가 올라와 하늘이 뿌옇게 회색빛이 되었다. 카이는 더 이상 지체할 시간이 없다는 듯 망설이지 않고 거울로 들어갔다. 거울로 들어오자마자 난 들었다. 거울이 깨지는 소리를.

"어디 가는 거예요?"

"집으로 갈 거야. 그곳에는 아무도 못 들어오니까."

거울 속의 카데르는 익숙했다. 와 본 적이 있었다. 바로 오늘 꿈 속에서. 꿈에서 보았던 외로운 하늘과 분위기가 그대로 옮겨 놓은 듯 일치했다. 사실 꿈이 아니었던가. 그럼 꿈속에서의 그 손길은 카이였을까.

카데르에서는 내 몸이 내 것 같지 않았다. 팔다리를 제어할 수 없었으며 온통 몽환적인 것 투성이였다. 숨을 쉬는 것도 어려웠다. 어느 틈엔가 나는 숨을 쉬지 못하고 있었다. 그런 나에게 카이는 헬멧을 씌워 줬다. 슬쩍 보니 카이도 이미 헬멧을 쓴 상태였다. 헬멧을 쓰니 숨쉬기가 편해졌다.

무중력의 상태와 비슷하다고 할까. 그런 카데르에서 카이는 자유자재로 움직였으며 걷는다기보다는 날아다닌다는 말이 어울릴 정도였다.

눈 깜빡할 사이에 큰 저택에 도착했다. 거울을 막 통과했을 당시는 못 보던 건물이었는데 나도 모르는 사이 도착한 것 같다.

저택은 고요했다. 아무도 없어 보이고 생명체란 존재하지 않아 보였다. 하지만 깨끗했다. 먼지 하나 발견할 수 없을 정도로. 모든 것이 신기했다.

"이곳이야, 내 집."

당분간은 아마 밖으로 나가지 못할 것이라고 한다. 나갔다가는 금세 재가 되어 버릴 거라고. 부모님과 함께 모든 것을 잃은 지금 그것들은 중요하지 않았다. 혼자 있고 싶었다.

"방은 아무거나 써도 돼. 좀 쉬어."

대충 눈에 보이는 아무 방에 들어갔다. 작은 침대가 있는 방이었다. 침대 위로 올라가 웅크리고 앉아 눈을 감았다. 대체 무슨 일일까. 상식적으로 전혀 이해되지 않았다.

거울을 하나 주웠고, 그로 인해 카이를 만났다. 첫 만남은 그리 좋지 못했지만 지금은 나름 친해진 상태였고 둘이 있으면 편했다. 같이 밥도 먹고 바다로 여행도 갔다. 행복했다.

집이 사라졌다. 마을도 사라졌다. 가기 싫던 학교였지만 막상 사라지고 나니 그리웠다. 모든 것이 그리웠다. 적막 속의 감정의 소용돌이는 거대했다. 그 소용돌이가 나를 잡아먹을 것만 같이 두려웠다.

"밥 먹어. 언제까지 그러고 있을 거야."

번뜩−. 깊은 소용돌이 사이에서 나를 구제해 준 목소리. 카이였다.

"제 부모님은, 어떻게 되는 거예요?"

"…… 깊게 생각하지 마. 다 잊어."

"……."

"과도한 생각은 머리를 아프게 하지."

어떻게 생각하지 않을 수가 있어. 기분이 우울해졌다. 분명 다시는 만날 수 없겠지.

"이틀 뒤, 전쟁이 시작될 거야. 아니, 이미 시작한 거나 다름없어."

"저는 싸움 못해요."

"알아. 그래서 여기로 데려온 거야. 일주일 동안 가만히 집 안에나 있어."

"전쟁이라면서요. 집도 안전하지 않은 거 아니에요?"

"이곳은 아무도 모르니까."

카이는 들고 온 음식들을 내 앞에 놓아 주고는 뒤돌아 나가려 했다. 전쟁이라……. 누구와의 전쟁일까. 피를 많이 보겠지. 전쟁터는 그런 곳이니까. 새빨간 피가 바다를 이루고 역겨운 시체들이 산을 이루는 안타깝고도 처참한 풍경을 이루겠지.

"카이는, 전쟁터에 나가는 거예요?"

"…… 응."

"언제 가는데요."

"내일. 새벽에 나갈 거야."

"…… 죽지 마요."

카이는 그대로 밖으로 나갔다. 카이마저 사라진다면 더 이상 살아갈 힘이 없어질 것이다. 설마 카이는 되돌아오겠지. 날 두고 떠나가지 않겠지. 생각이 많아지는 밤이었다.

방 안의 작은 창문을 통해 들어오는 빛을 느끼며 일어났다. 나도 모르게 잠들었나 보다. 멍하니 옅은 빛을 바라보다 번뜩, 머리를 스치는 생각에 놀라 일어났다. 새벽이 지났다. 카이는 이미 전쟁터에 간 이후였다.

8

밤낮이 바뀌어 산다는 게 이런 느낌인가. 나는 오후가 되어 일어나 새벽 동이 틀 즈음 잠드는 것이 일상이 되어버렸다. 오후가 되면 저 멀리서 들리는 굉음과 폭발음에 저절로 눈이 뜨일 수밖에 없었고 새벽이 되면 물밀 듯이 밀려오는 카이에 대한 걱정으로 눈이 감기질 않았다. 끼니를 거르는 것은 이미 익숙해진 다음이었다.

여느 때와 달리 오후에 눈을 떴다. 하지만 오늘은 흔하게 들리던 폭발음 하나 들리지 않았다. 전쟁이 끝난 걸까. 그렇게 생각하니 조금은 안심이 되는 것 같다가도 오지 않은 카이에 대한 걱정이 쏟아져 나왔다.

보지 못한 지 한 달 정도가 되었다. 일주일이면 끝난다고 했던 전쟁은 한 달이 넘는 기간 동안 멈추지 않았다. 이 세계의 전쟁은 내가 살던 곳의 전쟁과 다르겠지. 그래서 더 빨리 끝나겠지. 그렇게 생각했었다. 하지만 내 생각보다 이곳의 전쟁은 오래 지속되었다. 그래봤자 내 세계의 전쟁 기간에 비하면 턱없이 짧은 시간이지만.

만약, 아주 만약에. 카이가 오지 못한다면 난 어떻게 살아가야 할까. 카데르에 대해서는 아는 것이 하나도 없다. 지리도 모르고 이곳에 어떤 생물들이 살아가는지 조차 모른다. 단지 이 저택의 부엌에서 눈에 익숙한 음식들을 몇 개 꺼내다 먹는 것이 내가 할 수 있는 것의 전부였다.

무엇보다 가장 큰 문제는 외로움의 문제였다. 아무 준비도 하지 못한 채 부모님과 이별을 겪고, 살던 곳과 전혀 딴판인 곳에서 살게 되었다. 유일하게 아는 얼굴인 카이는 지금 내 곁에 없었고 저택 안은 외로움 투성이었다. 내가 움직이지 않는다면 저택은 고요한 적막에 사로잡힌다.

…… 카이가 보고 싶다. 징그럽다고 생각했던 빨간 눈동자가. 하얗다 못해 창백한 피부가. 깊게 파여 검은색을 띄고 있는 깊은 눈매가. 카이를 빨리 보고 싶다.

카이가 왔다. 오지 않을 것만 같던 카이가 왔다. 그의 얼굴을 마주한 나는 창피하게도 눈물을 흘리고 말았다. 온몸이 피투성이였다. 하지만 카이는 내색하나 않고 미소만 지을 뿐이었다.

"늦었어요."

"미안해."

한참을 서로 바라보기만 하던 우리는 결국 서로 안고 기쁨의 눈물을 흘렸다. 내 외로움을 채워준 그가 좋았다. 행운이라 느꼈다. 그의 존재를.

"계속 이곳에서 사는 거예요?"

"그럼, 나와 같이 사는 거야."

입술에 기분 좋은 미소가 머물렀다. 그의 눈은 아픔과 기쁨을 모두 담고 있었다. 지금 내 눈도 그럴 것이라 생각했다. 우리는, 같은 감정을 공유하고 있다.

불행한 일이 있으면 행복한 일도 따라온다. 뜻밖의 만남을 겪고 그 만남이 인연으로 굳어지고. 세상은 그렇게 돌아간다. 아마 지구나 카데르가 아닌 다른 세상이 있다고 해도 모두 그렇지 않을까? 살아가는 것에 있어서 모두의 마음은 같으니까. 더 행복하고 싶고, 더 사랑하고 싶다.

생각지도 못한 큰 불행을 만나게 되었지만 카이가 있어 버틸 수 있었다. 앞으로도 그럴 것이다. 그렇게 버텨 나갈 것이다. 카이와의 만남은 나에게 큰 축복이고 사랑이었다.

우리를 휘감아 오는 커다란 혼돈 속에서 우리는 그렇게 버텨나갈 것이다. 영원히.

[외전] 카이

돌연변이로 태어났다. 검은 눈동자들 사이의 빨간 눈동자. 그것 하나만으로 나는 태어나자마자 가족들에게 버림받았다. 갈 곳을 잃은 나는 무작정 돌아다니기만 했고 그 과정에서 버려진 저택을 하나 발견했다.

저택은 더러웠다. 아주 오랫동안 아무도 쓰지 않았던 것처럼 보였다. 나는 그곳에서 생활해 왔다.

잠을 잘 곳이 해결되자 배가 고팠다. 이틀 동안 아무것도 먹지 못했다. 결국에는 길거리의 쓰레기통을 뒤졌다. 유통기한이 지난 가공음식들이 있었다. 더럽다는 생각도 하지 못하고 허겁지겁 먹어 치웠다. 비참했다.

저택으로 돌아가는 길에 이상한 곳을 발견했다. 어두운 빛을 하고 있는 카데르에 비해 밝은 빛을 다 모아놓은 듯 찬란히 빛나는 공간이 있었다. 그 빛이 아름다워 손을 뻗었다. 그리고 오게 되었다.

카데르가 아닌, 지구라 불리는 곳에.

내가 나온 곳은 거울이었다. 까만색 테두리에 상처 없이 말끔한. 다시 거울에 손을 대니 몸이 빨려들어 갔다. 그 이후로 나는 거울을 통해 양쪽 세계를 번갈아 다녔다.

그러던 어느 날, 거울을 통해 나오던 공간이 달라졌다. 분명 나무가 몇 그루 있는 길모퉁이에 거울이 있었는데 나와 보니 사람의 방처럼 보였다.

그리고 만났다. 너를.

너는 나를 보고 맥없이 기절해버렸다. 묘한 감정이 머물렀다.

처음에는 그저 밥을 얻어먹을 목적으로 그 집에 계속 있었다. 마음만 먹으면 다시 거울의 위치를 옮길 수 있었지만 너는 멍청하게도 나를 받아 주었다. 외로움도 달래 주었다.

처음이었다, 사실. 누군가와 이토록 오랜 대화를 나누어 본 것은.

너와 함께 바다에 갔을 때, 난 행복이라는 감정을 알게 되었다.

바다는 아름다웠다. 반짝이는 찬란한 그것이 아름다웠다. 너도 아름다웠다. 그때부터였을까. 내 감정이 묘하게 뒤틀린 것이.

얼마 전부터 나를 죽이려 하는 세력들이 있었다. 아마 내 부모겠지. 내가 아직 살아 있다는 것을 굉장히 수치스러워하고 있을 것이다. 원래 그런 사람들이니까.

몇 번 그들과 맞닥뜨렸다. 하지만 나는 상관하지 않는 듯 잘도 빠져나갔다. 하지만 내가 간과한 것이 있었다. 그들은 너에게까지 손을 뻗었다.

결국 너의 마을이 사라졌다. 너의 가족도 사라졌다. 네가 눈물을 흘리는 그 순간이 미웠다. 참을 수 없는 분노가 차올랐다. 이제는, 이제는 더 이상 참을 수 없다.

전쟁을 시작했다. 내가 먼저 전쟁을 시작했다. 피바람이 불었다. 그들은 생각보다 강했다. 그래서 일주일 정도로 예상했던 기간이 한 달로 늘어나버렸다. 중간에 죽을 위기도 몇 번 있었고 힘이 빠지는 순간도 있었다. 하지만 포기하지 않았다. 싸웠다. 그리고 나는, 승리하게 되었다.

내 손으로 내 부모를 죽였다. 나는 기뻤다. 나에게 가장 큰 상처를 준 장본인들이 사라졌으니까. 기쁨의 눈물인지 슬픔의 눈물인지 모를 것이 흘러내렸다. 끝났다, 모든 것들이.

전쟁이 끝나자마자 집으로 달려갔다. 너는 나를 보고 울고 있었다.

하지만 나는 알고 있었다. 그 눈물의 의미를. 결국 너와 함께 흘려보냈다.

같은 눈물을, 같은 아픔을.

아마 이제는, 행복한 나날로 가득하겠지. 나에게, 그리고 너에게도.

THE END

글을 마치며

2015년, 나에게 큰 기회가 찾아왔다. 난생 처음 책을 써 보고 난생 처음 내 이름이 들어가 있는 책이 나왔다. 주제 선정부터 마지막 문장을 끝낼 때까지 쉬운 것은 하나도 없었다. 아마 주변의 도움이 없었더라면 이룰 수 없는 목표였겠지.

여름방학 때부터 글을 본격적으로 쓰기 시작했다. 무엇을 써야 할까 참 많이 고민했다. 이주일 정도는 주제를 정하는 것에 소비했다. 그러다 문득 책장 한구석에 있던 '아라비안나이트' 라는 책이 눈에 띄었다. 어릴 적 그 책을 정말 재미있게 읽었던 적이 있다. 그렇게 나의 첫번째 책의 주제가 정해졌다. 아라비안나이트 속에 나왔던 작은 단편들을 꾸며보자, 하는 생각으로 첫 문장을 썼다. 그렇게 '천일야화'가 탄생하였다.

두 번째 책은 겨울방학 때 쓰기 시작했다. 지금 생각해 보면 2015년도의 방학은 꽤나 알차게 보냈구나 싶어 뿌듯한 마음이 들기도 한다. 겨울방학은 글을 쓸 시간이 생각보다 부족했다. 첫 번째로 주제 선정이 가장 어려웠고, 주제를 정한다 해도 글의 진도가 빨리 나가지 않았다. 나는 글을 쓸 때 주제 생각보다 보고 싶은 짧은 장면들을 생각하는 편이다. '카데르'를 쓸 때에는 처음 생각한 장면이 바다에서의 장면이다. 그 장면과 다른 장면을 연결하는 작업이 나에게는 가장 어려웠다.

책쓰기는 어렵다. 또 써 봐도 또 어려울 것 같다. 하지만 어려운 만큼 재미있다. 문장 하나하나를 뽑아내며 고민하는 그 시간이 즐겁다. 때문에 계속해서 글을 쓸 것이다. 늘고 싶다. 잘 쓰고 싶다. 명문을 만들어 내고 싶다.

하고 싶은 일이 많다. 전교 1등도 하고 싶고 멋진 필자도 되고 싶다. 그래서 올해에는 더 바쁘게 지낼 예정이다.

올해의 첫 시작을 책쓰기로 시작하게 되어서 좋다. 하나의 목표를 정한다면, 올해의 끝 무렵에도 글을 쓰고 있기를 소망한다.